吹我的风
已经　渡过了黄河

鲍尔吉·原野

著

海峡出版发行集团 | 海峡文艺出版社
THE STRAITS PUBLISHING & DISTRIBUTING GROUP | Haixia Literature & Art Publishing House

图书在版编目(CIP)数据

　　吹我的风已经渡过了黄河/鲍尔吉·原野著. −福州:海峡文艺出版社,2020.11
　　ISBN 978-7-5550-2490-3

　　Ⅰ.①吹… Ⅱ.①鲍… Ⅲ.①散文集−中国−当代 Ⅳ.①I267

中国版本图书馆 CIP 数据核字(2020)第 216557 号

吹我的风已经渡过了黄河

鲍尔吉·原野　著

责任编辑　林　颖
出版发行　海峡文艺出版社
经　　销　福建新华发行(集团)有限责任公司
社　　址　福州市东水路 76 号 14 层　　邮编　350001
发 行 部　0591−87536797
印　　刷　成都兴怡包装装潢有限公司　　邮编　610000
厂　　址　成都市金牛区西华街道付家碾村 6 级 152 号
开　　本　880 毫米×1230 毫米　1/32
字　　数　196 千字
印　　张　9.5
版　　次　2020 年 11 月第 1 版
印　　次　2020 年 11 月第 1 次印刷
书　　号　ISBN 978-7-5550-2490-3
定　　价　35.00 元

如发现印装质量问题,请寄承印厂调换

目 录

喜剧人间

村　庄

清澈的河流

金 屑

语言的盐

跋：写作让人活两辈子

喜 剧 人 间

寻找鲍尔吉

鲍尔吉是我的蒙古姓氏，在《元朝秘史》的汉译本中被写作孛儿只斤。这个姓我平常不用，因为在汉人居多数的城市，使用这么复杂的姓要用大量的时间去解释，累。

发表作品时，我偶尔标上姓，使之成为"鲍尔吉·原野"，有人说这叫"蒙汉合璧"。在作品上注姓，表示不去掉其"原野"之美。其他深意是没有的。

但这也遇到过麻烦。

我的一首名叫《乡音》的诗被国内某家用英文印行的刊物选择，给了一点稿费。事先我不知这是稿费，这是一份中国银行的通知，告我凭此去一家较远的分理处取钱。

我知道中国银行是一家与外币有涉的金融机构，美元什么的。我并未兴奋，没干过和美元有关的事，怎能和它相亲呢？

到了地方，拿凭证一看是稿费六元。支这些稿费约需十来道手续，如要买一个铜牌再去换什么等等，每道手续都依次排队。

在这些排队的人中，大多是企业和个体户提备用金的，六元钱肯定是最少的数目。

当那位小姐把铜牌清脆地掷来时，我见她掩口一笑。我猜想，咸亨酒店里的人笑孔乙己，大约就是这样的笑法。

临了，到了取款的时候。

"那个人是谁？"我急忙回头瞅，不知付款小姐在说什么。

她提高了声音："鲍尔吉是谁？"

"鲍尔吉是我呀。"我和蔼地回答。小姐和我隔着钢管焊的为了防止抢钱的栅栏，而且大理石的台面也有一米宽。

"那原野又是谁？"她用圆珠笔杆敲着台面，案例出现了。

"我就是原野。"事情麻烦了。

"你，到底叫什么？"她镇定质问。

排队的人，目光已经转向我。我不是电影演员，很难在这么多人的逼视下保持气定神闲。

我虚弱地解释，原野是我的名字，而鲍尔吉……但没提《元朝秘史》与孛儿只斤。

她笑了，向同事问："你听说有姓鲍尔吉的吗？"她那同事轻蔑地摇摇头。她又问栅栏外排队的人："你们听说有姓鲍尔吉的吗？"她那用化妆品抹得很好看的脸上，已经露出戳穿骗局后的喜悦。

我有些被激怒了，但念她无知，忍住。子曰："不知者不愠。"我告诉她："我是蒙古人，就姓这个姓。"

她的同事告诫我："就算你姓复姓，顶多姓到欧阳和诸葛这种程度，鲍尔吉？哼。"

这一位并不无知，并且戴一条蓝珠石项链。她知道复姓，但竟提到"姓到"这样的限制。以双人的倨傲，如果我是泰戈尔，那么"罗宾德拉纳特"这个姓定会使她们目眦尽裂了。

我不想当着那么多人和她们争辩或进行更可笑的学术性讨论，为了六元钱不值得。我仍耐心解释。

"在欧阳之外，不是还有罗纳德·里根吗、米哈依尔·戈尔巴乔夫？"

众人笑了，我知道他们在嘲笑我卖弄学问。有人说："他肯定念过大学。"而银行小姐向我投来明确的傲慢的眼神。

原来中国人不配姓复杂的姓氏。这与阿Q想恢复自己的赵姓而不可得一样。

"你说怎么办呢？"我尽量悠闲地问那小姐。

"你要证明鲍尔吉是你。"她手拿着我的工作证和身份证。"但这已经不可能了，这上面写的都是原野。所以，你要把鲍尔吉找来，和他一同领款。"

为了六元钱去寻找鲍尔吉。我想起一句歌词："为了一块牛排出卖巴黎。"

鲍尔吉，你在哪里？我怅然离开取款台，在心底呼唤。

对任何人来说，为了六元钱罹此磨难，就应该罢手了。但我如看电影 样，想知道此事是怎样一个结局。

我站在门口观察。

我发现一个面相善良的人，上前叙说我的处境，简言之，请他充任鲍尔吉。

"这怎么行?"他瞪着眼睛,原来善良的人瞪起眼睛也不善良。我忽悟,这种作弊的事不能选择好人。

我又找到了一个衣冠不整如无赖样的人,约二十多岁。谈过之后,他狡猾地问:"这事好办,你给多少钱?"

多少钱?这事不能超过六元钱。我告诉他"三元钱"。

"三元?"他简直想咬我一口,"你那笔款多少钱?"

"六元。"我给他看提款单。

他笑着看我的脸,那目光在我眼睛鼻子之间滑行。用目光蹂躏别人就是这个样子。他提一提后裤腰,问:"你是知识分子吗?"在"知识分子"这个词里,他的语调充满了恶毒的揶揄。

"我是你爹。"我告诉他。

他要动手,这从他肩上可以看出来。《武当拳法》曰:"挥拳者其肩先动。"我上前掐住他的两腮,酸痛是难免的了。我把他的嘴捏成喇叭花一般,里边洞黑黄牙森然。如果换了别人,必朝里边吐一口唾沫。但我没这样,不文明。

我一推,他踉跄而去。

他是那种在社会底层游荡的人。我后悔了,怎么能找这样的人担任鲍尔吉呢?凡吾鲍尔吉氏,乃贵族血统,铁木真即是此氏中人,当然又是此氏的先祖。

最次也要找一个电大毕业的,这是我对新鲍尔吉的要求。

不好找,我只得打电话给在附近的一位,请他襄助。他叫刘红草,在某机关当科长。

我道出原委，他摇头。"六元钱，嗨。我给你十元，走吧！"

我表示此事如何如何，他迟疑地俯就了。

中国银行分理处，人已稀少。我们来到付款台。"他就是鲍尔吉。"

我骄矜地向小姐介绍，像推荐一件珍宝。

"是，就是。"刘红草点头。

"工作证。"小姐扔一句。

刘红草假装找工作证。"哎呀，忘带了。"

"回去取。"小姐连头都不抬了。

"嗨，六元钱。"我恳求她，"开开面吧！"

小姐有点通融的意思："拿名章也行。"

"快拿名章。"我指示刘红草。他又上下假装找。

"小姐，你看没带名章。"

小姐坚拒。

我问："那一会儿拿来名章，他还用来吗？"

"随便。"

出门，我和刘红草握别，感谢大力支持。我独自找一个刻章的老头。

"鲍尔吉是啥玩意儿？"刻章的老头茫然发问。

"什么啥玩意儿，"我恶狠狠地说，"这是姓！"

"姓？"老头更茫然，"我刻了一辈子名章……"

又来了，我只好安抚"刻吧刻吧……"

刻好了，牛角名章，十元。

"十元？我最多出六元。"

"八元。"

"六元。"

"七元，少一分不行。"

"七元钱就赔了。"

"赔了？"老头从花镜上方看我。"什么赔了？"

我的事情无人可以解释。我拿着名章取出了按惯例应该在邮局取来的稿费。

我看到结局了。主要的，当我手携着"鲍尔吉"的名章时，便不惮惧来自各方的质询了，可以雄视四方。

拖拉机配牛

　　"拖拉机配牛"矗立在一座灰色的五层楼房的顶上，每个大字镶着电灯泡的边儿。从这里走，乍一看到这几个字让人大吃一惊。拖拉机配牛？过一会儿才想到"牛"原来是一个"件"字。如果是初学汉语的外国留学生，可能会相信这座灰楼里面正在"拖拉机配牛"。高科技往往令人耳目一新。

　　我每天从辽大操场回来，路过崇山立交桥的转弯处，一行字映入眼帘：婚礼喜庆一条龙，下面是传呼号。人们当然知道，这是招徕装饰花车、摄像等结婚礼仪的生意。但在清早，冷不丁见到这句话使人玩味不已。婚礼喜庆竟然会是一条龙，何其可喜。从那儿走得久了，觉得此话少一上联。越日，得白居易句，"试玉须烧三日满"，缀饰"婚礼喜庆一条龙，"不亦乐乎？这也算一种"拖拉机配牛"的手法。

　　中国人多有勒石留念的怪癖。在校园或风景区的优美之处，劈面立一块大石，上书"松风"之类的话。这种没有前言后语的蠢话貌似文雅，实际在污染环境，而且毫无意义。汉字作为一个结构独立的字，以书法写出，还过得去。如果在美国的一些绿地上突然立起怪石，上刻"Virtue"（好的德行），Confidence（自信），有可能会被看作是前卫艺术。我常去的那座校园，最近在绿地立起大量怪石，刻辞已经不够，向全校师生征集。有一位匿名提供者的献辞为"武运长久"，讽刺这种勒石癖。

哈尔滨一位朋友说，她印象最深的一条标语叫作"美好婚姻斜对面"。这里又有玄机。为什么"美好婚姻"会"斜对面"？对此如何领会以及操作呢？事实如此：前者是一家婚姻介绍所的名称，后来搬迁到斜对面的房子里。谁说老百姓不知汉字简洁的精髓？虽然不明白的一直不明白，但明白的——如征婚者——一看就明白了。大街上还有一些标语："洗车、盒饭。"一望即知，而用不着写成"我们会洗车""这里有盒饭"。

在一家妇产医院的墙上，写有"无声破碎——传呼号"。后来，我一看见妇产医院，包括妇幼保健院，就会想起"无声破碎"。有一次，去那里探望一对母子，我竟念出声来，让同行者吓一跳，她问："你说什么？"

刚学写字的小孩最喜欢在公众场合写字，发布自己的见解。但他们文化浅，不知写什么。一般是"小兰是好人"或"阳阳是坏蛋"。我住的这座楼的孩子写腻了这些后，在一家门口的墙上写着"从这个门进去第二家是姚晨家"。对门则有"从这个门进去第一家是刘明家"。姚晨与刘明均二年级，住对门，互相写的。这句话虽无哲理文采，但发表出来已给孩子带来莫大快乐。人从小就有发表欲。

辽中一座城市在入城处两厢的石壁上写道："欢迎您到××做客，一定搞好计划生育"，仿佛这是一个非常容易生孩子的城市。想起马克·吐温写的，一个人在台上演说时，一群年龄相似肤色不同的孩子拥上抱他的腿叫爸爸。说到计划生育，我还看过这样的标语：少生孩子多养猪。仿佛孩子与猪都由一人主打。

去年，我跑步由黄河大街经中医学院，再由北陵大街返回。快到终点时，不想跑了。这时，有两个字一点点在视野里放大：加油。这时你跑还是不跑？只好跑。"加油"是一家空军加油站的招牌，出现在跑步者的终点，如有天意。

生活的沉闷，多少会由于这些标语广告而变得神秘与有趣一些，虽然它是社会文化符号的一种混乱。谁也不相信拖拉机配牛，它们彼此都没有这样的冲动。但在抬头一怔的同时，笑意已经浮上心头。

雪来洗万物

雪来了。站在窗边看，大雪像为这面窗户而降。雪片在玻璃外面如粉如绒，迅急时如白线，挂满窗。看一会儿，心想雪花娇嫩、轻盈、洁净，这么珍贵的东西怎能随便下又下这么多呢？透过雪幕瞭望，雪覆盖土地、房舍。在牧区，山峦被雪包裹起来，一个一个放在了天边。

雪飘落不止，看着有些心疼——我知道这么说有点不像话，但确乎这么想过——应该拿一个盆把雪端进屋藏起来，或用镜框镶上。这显然办不到，只有人间的艺术品才能够挂起来。雪是上帝的产品，不让挂。之后，我产生第二个想法：雪浴。

大雪下到足够厚，最好在阳光普照之际开始沐浴。捧雪把前胸后背、胳膊大腿搓一遍。雪何止冷冽，还杀菌、去污、排毒养颜、活血化瘀、固本清源，这是我想的，不知对不对。汉语里，雪作为动词有洗濯之意，雪恨、雪耻。我等何不雪体？使雪没有白下。我把身上搓得像胡萝卜一样红，认为身上有了 β——胡萝卜素，并唱"红萝卜的胳膊白萝卜的腿"这首电视剧插曲以助浴兴。

头一回雪浴，在门口小树林。我把衣服脱去，抓一把雪刚搓，没想攥成疙瘩了，改为捧雪搓。雪敷身上要么融化，要么下滑，不像水那么扎实。浴雪的姿势也没找到"范儿"。坐下太凉，站着不敌寒风，总之不得法。我正在团团转，抬眼见边上已围了一群人，他们惊诧，讥笑，指指点点，迫使我草草收兵。回到家沏一杯姜糖桂圆红枣茶准备总结得失，刚好电视上演一位老师的示范动作——我老师即北极熊从积雪的山坡上滚下，起立抖擞皮毛，漂亮。我受到启发，滚，身上沾雪均匀，又不招风，别人从远处看不见，好。要不老师怎么会那么白胖从容呢？第二年新雪出笼，落地薄，未浴。一场真正的大雪下了一宿之后，我喜不自胜，骑车赴北陵公园后面——此地除喂松鼠的大妈之外，闲人罕至。雪地上苍松古木森森然，每棵树均挂牌矗立，树龄最小的也有两百四十七岁。脱衣，我先蹦跳热身，慢慢侧卧雪上，滚——屏闭眼目、口鼻，我以为滚出十米身上将裹一层厚厚的雪毡，直到滚不动，但没有，有的是——屁股右侧环跳穴被碎啤酒瓶割伤，好在雪凉，连血都没出。滚完用搓澡巾横搓竖抹，雪意顺四通八达的经络奔走呼喊，澄澈晶莹。搓完的感觉呢？没啥感觉。穿上衣服，身上像小电磁炉一般发烫。这时候，肚皮上放个鸳鸯火锅也能滚沸。说话间，雪花纷至。抬头见蓝天横来一片云层，像用手拽过来的。该云层边移动边降雪，像有人在里边操纵。老天爷看到人间雪浴，来点新雪奖励。四川人爱说"对头"，此事对头。雪落，平伸胳膊，瞬间开放七八朵白花，转瞬缩身为水，神奇。我不禁哼起了小曲，咿——呀呀，啊——呀呀。我边搓边琢磨给国家体育总局写一封信，建议全民雪浴，优胜者购房贷款利率降低30%，出入公园、公厕不花一分钱。咿呀呀，啊——呀呀……

搓洗过，我自忖如冰糖葫芦一般澄澈，很自负。

雪浴，除北极熊，麻雀和喜鹊也开展这项活动。我去辽大校园跑步，雪天常见到韩国留学生穿短裤和羽绒上衣漫步，或握雪团攻打追击。有一回在书中读到，旧时的日本军人逢雪必浴，浴前做操、唱歌。日本歌呜呜咽咽，怎么适合雪浴呢？还听说日本人雪天爱在露天的温泉泡澡。体育医学指出运动至少给人带来三种好处。一、提高心肌收缩及摄氧能力；二、调节神经活性；三、增加成就感。雪浴比较对应第三条，浴过生出几分舍我其谁的豪强心态。人以为肌肤近雪凉得很。其实没啥，冷一点而已。人之根深蒂固的观念，除了别摸电门、得痔疮别吃辣椒、顶头上司不可冒犯之外，没几样是不可推翻的定论。"摸着石头过河"，即说河里只有石头，石头只要摸得着，就可以过嘛。跟大风大浪比起来，雪浴只算捣糨糊。当然这个糨糊对身体和心灵有好处，属于健康环保型。

投身这项活动注意事项有三：一、挑人少之地搓洗，免被认为是智障。我被指认过一回，围观群众打110把警察都招来了。二、穿厚靴、戴手套，手脚皮下脂肪少，不抗冻。三、搓的时候下手要狠，越犹疑越难受。

我爱自行车

像"我爱自行车"这样的话，我说出来有点心虚，觉得自己没资格这么说。在沈阳，爱好自行车运动的人超过好几万，骑行一万至三万元自行车的人也有好几千，骑十多万元自行车的人不下十几位。他们比我更有实力和资历大声说——我爱自行车。我只能等他们说完了，小声说一句"我爱自行车"，但我确实喜欢自行车。

在沈阳，骑自行车上本溪、抚顺，当天去当天回来的人有的是，一天骑一百公里的人更多。他们矫健、黝黑，穿骑行服，戴头盔，从神情到装束都带着特种部队的骄傲。我不行，我没有骑行服和头盔，也不骑车去太远的地方。见着他们，我老远致以注目礼，比面对国宾车队还尊敬。

对他们怎能不尊敬呢？有一年春天，我到江西婺源旅游，看油菜花，从田埂上走来一队推自行车的人，自然都穿骑行服，戴头盔，说话沈阳口音，一问，是皇姑区的，从海口往沈阳返，顺道看看油茶花。这还不算奇，奇的是他们连男带女全都是七八十岁的人。真是很厉害呀，七八十岁的人骑自行车从沈阳到海口打往返。对他们来说，民航业、铁路业、客运业都不存在，胯下一架自行车便可浪迹天涯，年龄根本成不了问题。

骑自行车能提高心肺功能，能提高肌肉耐力，这谁都知道。但我不用自行车健身，没这么好的耐力，跑步是我所爱。而骑自行车可以满足我漫游的愿望，毫无目的地东溜西逛。杜甫的诗"自去自来堂上燕，相亲相近水中鸥"，几乎说出了骑自行车漫游的乐趣。堂上燕与水中鸥都没什么功利，不必去哪里开会，赴什么饭局，也不用买个小排量的汽车装点身份。我骑车，比如向南到浑河返回，往北至道义始归。骑自行车，两条腿的动作比散步还节省动能，走得却很快。有人觉得天热骑自行车不舒服，差矣。骑上车就有风，清风习习，腋下清凉，并不热。冬天也不冷，事实上，让北风吹吹脸很舒服。我有时不理解东北人去海南买房图的是什么？他们有钱花不完是一方面，另一方面，为什么不让自己的身体在冬天冻一冻、夏天热一热呢？说冬天在海南不挨冻，听上去觉得挺搞笑。海拉尔、额尔古纳的冬天零下四十多摄氏度，当地居民也没觉得不妥。让身体冻之热之乃是顺乎自然，自然就结实。

城里堵车越发严重，骑自行车外出比打车先到一点不奇怪，至于说骑自行车环保也是一个大道理。大道理指的是人对环境应尽的本分，少排碳，重视环境伦理。有一天，一人问我：你骑自行车不嫌寒碜吗？我没听懂，请他重复。他说你骑车而不是开车，曰寒碜。我没想到世上还有这样的问题，没答上来。我在大街上看骑车的人，他们寒碜吗？不寒碜呀。开车的尊贵吗？我没看出来。我觉得骑自行车是十分自然的状态，归不到"耻"的范畴。我希望到了八十岁，也可以骑自行车从沈阳到海口打个往返。

当今的荣辱标准多元化了，奢华的、神秘的、古怪的，不一而足。我觉得用德国双立人锅也好，背两个路易威登也好，都没什么不好。接近大自然更好，比如步行与骑自行车。我在德国的斯图加特生活过一个月，没见德国人戴欧米加表、背路易威登包，他们的穿戴比道义乡的农民还朴实，而他们最羡慕那些跑步与骑自行车的人。出席聚会如果哪个人开了汽车来，他会向大家道歉，说怕迟到，才开了车。一个人开一辆车在德国会受人白眼，有如举止乖张，违背了环境伦理。德国人都像老子的信徒，喜欢自然的、不矫饰的生活。我的车具有"败絮其外，金玉其中"的格调，外表不咋地，轴圈辐条、前后飞轮都是好东西，后换的品牌产品。它们不会辜负你，骑上就知道。所有的力量都没浪费，拧成一股绳冲向前方。骑这样的车怎么会寒碜呢？太容易骄傲自满了。我骑上车就提醒自己谦虚点，别的事不谦虚也就罢了，骑车一定要谦虚。我谦虚地骑在"败絮金玉"车上，看滚滚红尘，观四季美景，对生活感恩惜福。

向米尔斯坦致敬

我家对面是一处荒芜的酒店，当年的声势极为嚣张，后来沉寂了。沉寂之后，房顶长出青草，甚至有食指粗的榆树。酒店高大的山墙装饰着古罗马风格的人体浮雕：健壮无衣的男女戴着桂冠，喝酒庆功，气质高尚肃穆。山墙下边成为小儿涂鸦的场所，也有大人的商业信号。如：

我爱冯停封

126 传喜临门搬家

天下粮仓

山山山水水水

爱是饮鸩止渴，缘木求鱼

那天，墙边还有一截粉笔，我看左右无人，拣起，却不知写什么。坐那儿想，写什么呢？我的朋友胡适之——没什么意思。要庄重且发自心声。对，我用肥硕的颜体写道：

向米尔斯坦致敬！

这一段，我听米尔斯坦的无伴奏巴赫小提琴协奏曲。没有钢琴与乐队，只一把小提琴，全曲峰回路转，云水逢迎，让吾等傻眉瞪眼犹如愚人。

巴赫是何等高明，在这样的音乐面前无法用任何形容风格的词汇加以界定，朴素、华丽、深邃，都不是。巴赫超越了风格，就像上帝没有风格一样。在巴赫那里，你甚至找不到通常所说的旋律或主导动机。他是音乐的伟大的造物主，旋律与风格都成了小儿科。巴赫在言说什么？如同你不能问数学在言说什么。和谐、对称以及对它们的解构，也许可以把巴赫形容为节律，像人体血流和腺体的分泌节律，它是一组神秘的语言。

而米尔斯坦是表达这种语言的大师，他的倾诉对象是星空和海洋。执琴在手，百转千回，清澈而又平静，从不炫技。无伴奏的小提琴协奏曲原本可以成为一个大秀场，像帕格尼尼、李斯特甚至帕尔曼那样作小提琴之秀，还有等而下之的陈美的动作时装秀。米尔斯坦不秀，像数学家不能作秀一样，只有诚实和质朴才能阐示巴赫。米尔斯坦让我们了解到这一点。

这是我向他致敬的理由，然而说不出此中的高明，聊复尔尔吧。过几日，在酒店山墙"向米尔斯坦致敬"的边上多了一行字："向塔吉克斯坦致敬！"塔吉克斯坦？当然，我又添几句：向哈萨克、吉尔吉斯、乌兹别克诸斯坦以及球迷们致敬！

我们的冬天

买帽子

沈阳今年的冬天最冷。报上说六十年来最冷。六十年前，我未降生，不知道这个结论对不对。但对我的耳朵、手和鼻子而言，确实冷。这是在跑步时感到的。鼻子漏了，像下水道一样。眼睫毛结霜花，眨巴一下能粘上。手从双层手套取出来，半天暖和不上，真冷。

我最冷的时候每每想到的是乞丐。为什么想到乞丐，我也觉得怪。跑步时候脸冻僵了，伸手捂捂脸，手又冷的受不了。这时想到无家可归的乞丐，俗称"花子"。他们没棉帽子，没手套，这个冬天够受。

看天气预报，零下三十四摄氏度、零下三十五摄氏度的天气接踵而来。我在屋里磨悠，觉得他们挨冻几乎是我的责任。我开始想，他们缺的东西——大衣、棉衣裤、棉鞋。何止这些？他们什么都没有，连裤衩都不一定有。我没这么多钱把他们打扮得像新郎似的。算了，不想了。但脑子还想，一看天气预报就叹气。一天，我心里灵光一动——何不买一些皮帽子送他们。帽子不分大小号，比鞋袜什么都好安排。妥了，我连上哪儿买都想好了。

宁山路有一片卖劳保用品的小店，在靠街的阴暗的楼底层。在最后一家找到了帽子。太好了，草绿布面羊剪绒帽子，里边的标签是"辽宁省沈阳制帽厂"，电话五位数。我二十多年前来沈阳，电话就六位了。这么多年过去，这些帽子仍然簇新地堆在这里，没被虫咬火烧，显然是为了迎接这个最冷的冬天。

卖帽子的是一对七八十岁的老两口，动作迟缓的像电影慢动作一样。我问完价钱，说买十个帽子。老头问我戴得过来吗？我说我自己戴八十年也戴不了这些帽子，送人。老头说，送礼送帽子了？这帽子式样不好。我说送花子。他盯我半天，没表扬也没批评，说别买十顶，八顶你都送不出去。我问为啥？他说你找不着他们。事实证明老头说对了，他虽然关节强直但洞明世理。

找花友

买了八顶帽子，我挺兴奋。傍黑天，我把帽子塞进双肩背包，去送给这些花子。这时代爱称"友"，跑友、麻友，养猫的叫猫友，但养狗者彼此不叫狗友。我找的是花友，然而不顺利。

其一，零下三十多摄氏度的气温，很快把我冻透了。羽绒服、登山靴和皮手套完全形同虚设。这不怪它们，我骑自行车，四面寒风。我在心里跟花友比，他们穿的比我薄多了，整夜在外面又如何？其二，我事先没想过花友们在哪里，想也白想，没人知道他们在哪里。我在大街上骑行，人少，都给冻回家了。我盼着路灯下看见一个花友手捂耳朵，跺脚御寒，没有。我想也是，他为啥在路灯底下站着呢？路灯也不能取暖。他可能在没灯光的胡同的遮风处躺着，或在桥洞子下面躺着。我沿黄河大街、西塔的大街小巷找，一位都没遇到。找找养成了毛病，专盯不戴帽子的人。见到几个，近身看，人家衣衫俨然，不像花友。见到一位衣服略破又没戴帽子的人，我下车问讯：干啥去？他答上老丈人家喝酒去。我一听心凉了，连老丈人都有，哪是花友啊。忍不住说一句，我有帽子，你要不？他答，不要，我冬天从来不戴帽子。说完他又补充一句，你这人心挺好。我心想你遇见这么好的人也不配合一下？又问，你真不要啊，来一顶吧？他摆手，真不要，你快忙吧。

我恋恋不舍地离开这个上老丈人家喝酒的人后，不知上哪里去，挫败感浮上心头。在街上，我已经孑了了两个小时，毫无成绩，别人都上老丈人家喝酒去了，唯独撇下了我。我告诉自己，上繁华的太原街转一圈，这是最后的尝试。如果见不到花友，明天把帽子送给百鸟公园的跑友，就说捡的。

送帽子

太原街不愧为商业街，亮如白昼，楼厦霓虹明灭。穿裘皮的娘们儿牵着小狗溜达，小狗有鞋有背心。我突然发现一人翻垃圾箱。

天佑吾人。我跑过去说，你好！他从垃圾里抬起头，眼睑和嘴唇边上都是白的，剩下地方全黑。干啥？他愤怒地问我。我说明来意，他拿过帽子，看一眼，扣在头上继续翻垃圾。他虽然无言，我还是挺高兴，开张了。第二个花友挺好找，他在银行关闭的金属门下边躺着，身上盖七八层大衣或棉被。我问给你帽子要不？他熟练地毫无感情地说好人一生平安，接过帽子看一眼，戴上了。第三个花友是老太太，用绳拽着一堆垃圾往前走，头围着单薄的纱巾。我送上帽子，她里外看看，说还是新的呢，夹腋下走了。我问她为啥不戴上，多冷。她回一句，给我儿子。

这是我遇到的三位花友，他们全翻帽子朝里面看一下，看新旧。他们全不看人，好像我不值得看。第四位花友也在翻垃圾箱，不过是在马路对面。我给他帽子之后，他竟伸手跟我握了握，眼边浮上一层泪，说现在还有这么好的人哪？我说多了，是你没碰上。这个人六十多岁，有酒气，脸上的惊讶半天回不过来。他问我住哪儿，我说皇姑。他问皇姑哪儿，我瞎编了个地方。他问哪楼哪号？我问他干啥？他答我得看你去，你这人这么好，我得看你。我说用不着，上车走。

他拽我车后架，说我也有东西送你。他衣服分好多层，每层都是外衣，合在一起穿。他掏出一个带狮子头的旧打火机，给你。我说不要。他接着掏，掏出一个折成方块的画报，打开，里面印的照片是裸体女人，啥都没穿。我说不要。

他摸一把脸，你咋啥都不要呢？我给你好的。他从另外的兜里掏出一个扁瓶，有半瓶琥珀色的洋酒。送你了，比你帽子贵，这都是我拣的。

我说谢谢你，我不喝酒。

他说你咋也得要我点东西呀？要不我不让你走。

我说你都有啥？

他把衣服一层层脱下来，我说这么冷，别脱，他倔强，全脱下来，只剩一个衬衣。从这七八件衣服里掏出不少东西摊地上，没开盒的安全套、小包装的番茄酱、酒店小瓶洗发水、唇膏、木梳，还有一个夜光的、一弹老高的塑胶球。我说我要这个球。他说你真有眼力。咱俩交个朋友，哪一天看你去。他把我车后架松开了。

第五个花友其实不是花友。他年轻，剃光头，双手揣棉衣袖子里站街边。我问你干啥呢？他说等人呢。我说送你个帽子吧，他接过来戴上说正好。这时飞跑过来一个人，他俩钻进一个四轮车开跑了，来饭店拉泔水的。第六个花友唯一带职业特征，他在人行道上晃荡搪瓷茶缸子乞钱。我送他一顶帽子，问：你们这伙人都在哪儿？他反问哪伙人？要饭的。他说不知道。我一听就知道他在敷衍。我把帽子从他头上抢过来，你说。他一指，南站票房子。我把帽子又给他扣上了。此友不愿让他同仁得一个帽子。

南站票房子？对，票房子暖和。我进了南站候车室，这时候是晚上十一点。长椅上旅客东倒西歪。我发现一个肥胖的小伙，脸也不脏。他身边一堆棉花套子证明他是花友。给他帽子，他鄙夷不屑，说我用不着，一冬天就在这过了。说完哼小曲，上下打量我，问，你干啥的？

我真答不上来自己是干啥的，我的职业或事业跟帽子没关，但此刻我只是个送帽子的，我说送帽子的。他说不像。

在我继续地找花友的时候，刚那个胖子领来个威严的人，也许是便衣警察，也许是协勤。

威严者问我：你干什么呢。声调横。

我说不干啥。

你背啥玩意儿，倒地下检查。

你凭什么检查，你是干啥的？

此时又来了三四个他们的人，拽住我肩头，让我出示身份证。我没办法出示了警官证（凑巧带身上）。他们看了大为惊慌，说对不起，咱们这儿经常有人打着送东西的幌子搞诈骗。说完他瞪那个胖子一眼。

出了候车室，我还剩两顶帽子。我送给一个迎面走来的衣衫褴褛的人，对方回声谢谢，才知她是女的。剩一顶帽子，还在家里放着呢。

飞越故乡上空

　　我乘飞机出行，遇靠窗座位，每每向下瞭望。山河大地，白云朵朵，如此而已。前不久，从飞机观望下方景象，我激动异常，只可惜时间太短了。

　　我从沈阳飞呼和浩特，在飞机上一直写稿，没注意经停的地方。飞了大约一小时，飞机广播："我们……"——飞机广播最喜欢用的一个词就是"我们"——"……的飞机即将降落在赤峰玉龙机场，请旅客做好准备"。

　　赤峰？我以为我听错了。我老家在赤峰，但从没有在赤峰起飞或降落过。我问空姐：我们要在哪儿停？她曰：赤峰。我问：不去呼和浩特了吗？我以为有赤峰猛人把飞机劫持到赤峰了。她曰：停二十分钟再飞呼和浩特。原来是这样子，网络用语曰"酱紫"。原来我们"酱紫"飞到了赤峰。

　　我趴在窗口往下看，太好看了！人有机会在自己故乡上空俯瞰一下是福气，虽万户侯不能易也。小时候我从来都是站在地面上仰视红山，这回竟从红山的后屁股飞过去，加以全面瞭望。我一直想知道红山后面有什么，好多年前，那里是禁区。我头两天还在想这件事，红山后面是什么景象呢？是村庄还是沙砾地带？童年时光，红山后面为什么不让人进呢？人说红山被掏空了，装满了机关枪、迫击炮和弹药。假如苏联人从四道沟梁、五分地那边打过来，光红山内藏的军械就够跟他们相持一百年。我一算，仗打一百年，红山里面的机关枪至少有一万支，这支枪筒打红了换另一支，一百年用不了的用。但红山之闻名天下非军用仓库与机关枪，而在考古。1906年，日本东京帝国大学教授鸟居龙藏成为记录踏勘红山古墓葬文化第一人。1922年，法国神父桑志华赴此地考察红山文化。1935年6月，日本考古学家滨田耕作率日本东亚考古团对红山进行首次发掘，他们对红山北坡青铜墓葬和史前文化遗址进行发掘，三年后，发表《赤峰红山后》的发掘报告，轰动世界考古界。1955年12月，中国历史学家尹达出版《中国新石器时代》一书，书中专辟一章——《关于赤峰红山后的新石器时代遗址》，红山文化得以正式命名。

我们小时候不知道滨田耕作之流，兴趣只在攀登红山，企图偷几支机关枪，但每次都被暗中隐蔽并端枪的解放军士兵逐下山。红山距市中心五公里，海拔三百七十六米，山体为红色花岗岩。纪晓岚在《阅微草堂笔记》中称之为"乌兰哈达"，这是老名，蒙古语——红色的山峰。此山不雄不伟，有点怪，周围都是土山，唯其红石兀立。那时候说红山是花木兰从军之地。20世纪70年代，我当知识青年下乡的松山区当铺地村，有不少姓花的人，自称是花木兰后代。见到他们，我差不多相信了花木兰退伍后到赤峰定居的消息。这些人大嘴黄发，跟2002年迪士尼生产的动画花木兰形象相似。我问：你们咋姓母姓呢？他们答，这是母系社会规矩。倒也是，只是少见貂蝉后人姓貂，褒姒后人姓褒。还有人说孙悟空去西天取经路过之火焰山即为赤峰红山，更荒诞。西天之天竺国在西边，赤峰在唐代为契丹属地在东边，编此说者岂可不顾常识乎？

飞机从滨田耕作所说"红山后"的上空兜过去。我看到红山像牙医做的模型一样，前排几颗牙是山峰，舌头部分是沙地，靠北边约有一小块民居。蜿蜒的英金河环绕红山，河流往北再拐向东。北岸是大片的树林，几十里宽。我对空姐说，你让飞行员开慢点。她一愣，顺口说，好的。但我感觉飞机开得还是没慢下来。飞机由北而西而南兜飞，我在空中俯察到头道街、二道街、三道街，这是赤峰在我童年全部的街；见到榆树林胡同，那边有第九小学，教学质量相当差；那有个剃头的老汉，满口牙全掉了，前面两个金牙不掉。金子就是金子，比牙结实。一瞬间，飞机到了新城区上空，路宽楼高，俨然小国首都。但我还是留恋旧城区，飞机无情，不复再来。可见飞行员不是赤峰人。我跟空姐说，你让飞行员在赤峰上空再转一圈。空姐这回没客气，说，对不起，我们不能满足您这个要求。此时我想起朋友爱说的一句话：咱们还是官太小啊，要是级别够高发话，让他兜几圈他就得兜几圈，敢不兜？

我们的飞机落在土城子机场，现在更名为玉龙机场，军民两

用，确切地说是地方租用部队机场。跑道上，两人成行的士兵穿
训练服走过。我在赤峰若干年，没来过此地。那时候，包括这时
候，不允许老百姓进入军用机场。飞机在此停留二十分钟，并
客。再上飞机，不复飞城区上空，驾祥云奔呼和浩特而去，我心
里惦记看赤峰老城。南山、北沙坨子、北河套、卖黑枣的玻璃胡
同等佳胜之地还没见到，甚可惜。在飞机刚刚临近赤峰上空时，
我激动的连跳下去的心都有了。

我的造谣生涯

世上有一些喜欢"造谣"然而心肠不坏的人，我是他们中间的一员。

我最著名的谣言如下：

当办公室里的同事由于议论改革而变得庄重和略显躁动时，我伤感地告诉大家：

"口腔医院和痔瘘医院要合并了。"

人们大吃一惊，有人简直要跳起来，他们一字一句地重复我的话。

"啊？痔瘘医院要和口腔医院合并?!"

愤慨、吃惊与匪夷所思。

我面对同志们苦思的脸，默默点头，低声补充一句："卫生局已经下文了……"

过了一会儿，有人笑，别的人跟着大笑。他们愉快地想象这两家医院合并后的情景。

有两人没笑，一位拨过牙还没有痊愈，另一位刚做过痔疮手术，来机关索支票结账。这种"合并"使他们同时感到了威胁，因而不喜欢这样的玩笑或谣言。

我造的谣言多属这种类型，而不是追杀阮玲玉那类可以见血的锋刃。

前年我还造过下面的谣言：

"人家说了，咱们国家要实行周五工作制。"不幸的是，前不久确有权威人士透露出这样的意思。谣言竟变了预言，我真没想到，这原本是我对缩短工作时间的一种向往。

造谣的人在造之前，都喜欢像我这样，把消息来源称之为模模糊糊的"人家说了"。人家是谁呢？可以说报纸，也可以说广播或文件。新闻学最看重消息来源，如果是电稿，还要标明发电地点和时间。对于援引的材料，都须指明出处。这种要求，显然不适合造谣。

譬如我说过：现在前列腺的发病率要比唐朝高出 60%。又如：经常吃洋葱会使荷尔蒙增加 4.1%。

这种谣言俨然是学术成果。

我还说过，在电线杆子上贴"专治阳痿早泄"的那种油印广告，是一种新成立的会道门的联络暗号。

我造谣亦有两条大的原则。一曰不伤天，伤天即血口喷人；二曰不害理，害理乃指鹿为马。这是我与造谣家们最本质的区别。

我也有同道，我的一位北京的朋友，叫王志杰。某次在 1 路公共汽车上，他小声对我说："里根又遇刺了。"车上的人"唰"

地把头齐齐转向我们。

还有一次，他衣冠楚楚地莅临海军某宾馆，对同伴说："你准备一下，刘司令下午就到。"话被总服务台嗑瓜子的小姐听见了，整个宾馆员工没吃饭，搞了一晌午的卫生。我的朋友认为这种谣言有利于精神文明建设。

西方四月一日的愚人节也是造谣节，这种事甚合吾意。好玩的是国内许多严肃的报刊，把愚人的材料当作科技动态摘译过来，如称美洲发现蓝色血液的人。事实上，稍懂生物学的人就知道，人不可能卵生，除昆虫和鸭嘴兽外，还有鸟类才如此。人之血必是红色，这由血液中的血红细胞所决定，再无其他选择。

我造谣的题材开始向高新技术领域发展。一次与众人饮酒，我说患痔疮者应庆幸，因为不会再得脑血栓了。痔本身就是静脉血栓，流行于下，不复上行焉。

我期待着人们的笑声。

没想到在座有一位是中国医大的教授，指着我说："你讲得很有道理嘛。"

造谣不成，反变为了道理，我有些失重。

在现时的广告中，不知有多少属于这类无益亦无害的谣言，像我造过的那样。但此类谣言有画面与音响，还需交钱，不似我这般婉转自如。

莎翁说："谣言是一支凭着推测、猜疑和臆度吹响的笛子。"我自小就喜欢吹笛子，但我爸不愿给我买，他嫌吵。

村　庄

养蜂人

当城里人为夏夜的溽热辗转反侧时，养蜂人早在星月之下的窝棚里盖着被子入睡了。风把露水的凉气收入山谷，三伏之夜，凉可砭骨。在城里所谓桑拿天的早晨，养蜂人于黎明仍然披一件薄棉袄。人多的地方发热的是人，人少的地方清凉来自草木。

早晨的白雾退去，茂密的苜蓿草里露出蜂箱的队列，褐色的木头被露水打湿。蜜蜂等待阳光照亮山野之后才飞出箱子，露水打湿了花蕊，蜜蜂下不了脚。露水干了，太阳把花晒出了蜜香。

养蜂人戴着网眼护帘的斗笠，开始放蜂、取蜜、换蜂蜡，蜜蜂成团飞在空中。齐白石画蜂以清水晕染蜂翅，每每说"纸上有声"。对蜜蜂小小的体积而言，它发出的噪声相当大，跟小电风扇差不多。嗡嗡之声和科萨科夫——李姆斯基的《野蜂飞舞》并无二致，野蜂的翅鸣更大。

养蜂人穿的衣服并不比麦田稻草人身上的衣服更讲究，比草木的颜色都暗淡。在山野里，劳动者比草木谦逊。山野是草木的家，人只是路过者。没人比养蜂人更沉默，语言所包含的精致、激昂、伪诈、幽默、恶毒和优美在养蜂人这都没有了，语言仅仅是他思考的工具，话都让蜜蜂的翅膀给说完了。

养蜂人从河里汲水，在煤油炉上煮挂面，没电视。我一直想知道十年不看电视的人是什么样子，他们的心智澄明。电视里面即使是最庄重、最刻意典雅的节目，也是造作的产物。电视对一切都在模拟，不仅新闻在模拟，连真诚也是模拟和练习的产物。而养蜂人一生都围着蜂转，心中只想着一个字：蜜。

天天想蜜的人生活很苦。他们被露水打湿裤脚，在山野度过幽居的一生。他们知道月上东山的模样，见过狼和狐狸的脚印，扎破了手指用土止血，脚丫缝里全是泥土。他们熟悉荞麦地的白花，熟悉枣树的花，熟悉青草和玉米高粱的味道。他们身旁都有一条忠诚的老狗；他们把一本字小页厚的武侠书连看好几年；他们赚的钱从邮局飞回老家；他们不懂流行中的一切时尚；他们用清风洗面，用阳光和月色交替护理皮肤；他们一辈子心里都安静；他们所做的一切是换来蜜蜂酿的、对人类健康有益的蜂蜜。

媒体说，几乎所有的蜂蜜都是假的，用白糖和陈大米加化学添加剂熬制而成。

可是蜜呢？蜜去了哪里？没人回答这个问题。

扁 担

扁担站在门后。

我小时候的门还分两扇，像中式的衣襟一样，双手分开才进屋。难怪如今偏瘫的人多了，门都成了单扇。推开双扇门，一扇挡着锅台（有人在挨锅台的地方搭鸡窝，门挡了鸡窝），另一扇门挡的是扁担和水桶。扁担藏在门后，不是扁担做了见不得人的事，扁担除了挑水没别的任务。它不能放炕上，不能放桌上，放别的地方碍事，就放门后合适。再讲，扁担不仅是一段扁木，两端还挂着铁环铁钩，很啰唆。

扁担的好处可以分两方面说，它的木头坚而韧，负重又有弹性。大水桶单只可盛三四十斤水，一副七八十斤，扁担挑起来上下颤但不断。没听说谁家挑水把扁担挑断的，那比走道挨一个晴天霹雳还丢人。颤，说扁担的弹性，没弹性它就不叫扁担。为什么没人扛一根铁棍挑水？没弹性又添了分量。好扁担的弹性让挑水人借到力，一步一颤，两只水桶像乌纱帽翅一样上下颤动。挑水人在每一步的行进中享受三分之一秒的小轻快。我小时候，挑水的都是小孩，大人在"造反或挨斗"。挑起扁担来，水桶刚刚离地。大桶沉啊，疼得肩膀受不了。那个时代鲜有高个，都是被水桶压矬了，姚明、巴特尔肯定不是挑水出身。好扁担挑这么重的水桶还能上下颤动，木头不是一般的好。有人骨折后在腿里镶了三条钢板，弹性赶不上扁担好。好扁担还有一点文艺性，即花纹好。把一段方木头削成扁圆，两头尖，中间厚，这就是扁担——看过扁担的人可以不读上边这段话——花纹像鹅卵石的图案一样，环环相扣的扁圆，年轮在木质里显出横竖茬，也是阴阳茬，深浅相隔。扁担也分长幼，新扁担如新兵一样光鲜，白而直，老扁担颜色像水桶一般黑。再老的扁担就弯了，弹性都没了，相当于老得不像话，要退休。身为扁担，一定要直，就像钢针、筷子都要直一样，弯了等于下岗。弯扁担的弯头朝上不行，水桶往中间溜；弯头朝下，水桶就触地了。但没见过谁家烧老扁担，连扁担都烧，太没有人情味了。扁担是硬木，榆木柳木柞木，一般劈不开。

扁担创造别样的美，可惜今天见不到。说的是大姑娘用扁担挑水，一手搭在扁担上，屁股在后面扭，腰肢最惹火，比芭蕾舞美多了。人们并不知，少女肩上担起三四十斤分量，才显出腰臀的美妙，另一只手在身边儿甩，增加美妙。女人，从前面看不公平，有丑有俊。从后面看全公平了，腰跟屁股都差不多。它们用苗条挺翘而不是五官创造美，其美不比五官差。这么说女人八成不爱听，但男人都爱听。大姑娘在街上走，人所看到的腰臀之美只是冰山浮出海面八分之一，身无重物，腰扭不起来。细腰是静态美和局部美，扭腰是动态美和全局美。腰若一扭，风情四射，一般人都受不了。但人家大姑娘凭什么为你扭腰？你是秦始皇呀？这时候，扁担下凡，助成其美在人间。沉重的水桶压在肩上，女人力量不足，借助髋关节的大幅摆动借力，腰如摆柳，屁股似两个葫芦左右转。这时候，姑娘甩起的手指尖、挺直的脖颈，都有不一样的美。而梳大辫子的姑娘，两个红头绳随辫子在屁股上晃，像蝴蝶飞。此美胜过时装表演，现在没了，因为扁担没了，水井没了，自来水消灭了这些美。为了看到美，男人让自己老婆在家里挑水，也不像话。

　　然而这一类的好看是别人眼里看到的，担扁担的人肩上只有痛苦。我当知识青年的时候，挑八十斤的水桶浇树，走一公里。我十七岁，挑不动。重担集中在扁担那么宽的肉上，痛得难忍。起初走几步一歇，再走十几步歇、走几十步歇、走百步歇一歇。头一天挑水下来，右肩肿起拳头大的一个包，晚上睡觉，轻轻一摸都火烧火燎。第二天，这水还要挑，慢慢地，肩膀生出茧子。再后来，肩膀那块肉没感觉了，摸一下像摸别人，手感类似槐树皮。此际，挑水肩不疼了，步子也迈大了，以在肩膀上创造一块死肉为代价。那时想，若于上古，我被其他部落掠去吃肉，生番吃到我肩膀这块肉时，可能会被咯掉一颗牙。他们百般研究争论却不知此为何肉。我当然知道谜底——死肉，扁担制造，但不会告诉这帮愚昧的"土人"。想到这里，我每每咧开嘴乐一下。死肉也有死肉的用处，天下没一样东西无用。如果非要找出一件没有的事，那就是上大学。

过去我见到扁担就害怕，现在见不到此物了，女人也显得不那么美了。减肥比不上扁担压出的美。以不担水这件事而论，我觉得生活很幸福。到风景区，还能见到挑砖瓦水泥的人，扁担是他们的谋生工具。人靠肩膀能挣多少钱？况且要上山下山，跟受刑没啥区别。他们肩上的死肉不知死了多少年。不光肩膀，他们的身上，甚至脸上的肉都像死肉，只有眼睛凸出来，盼你让他挑点东西。他们的肉不叫软组织，不叫肌肉筋腱，叫藤、树、根，他们从人类进化为物类或另一种人类。

马 灯

　　那年我到坝后，干什么去已经忘了，但脑子里挂记着那盏马灯。我们住在大车店的一铺大炕上，睡二十多人，都是马车夫。白天，我和主车夫老杜套上我们的马车，拉东西。把东西从这个地方拉到那个地方，好像拉过羊圈里的粪。那羊圈真是世上最好的羊圈，起出二十多公分厚的羊粪，下面还有粪，黑羊粪蛋子一层一层地偷偷发酵，甚至发烫，像一片一片的毡子，我简直爱不释手，并沉醉于羊粪发酵发出的奇特气味中。晚上，我们住大车店。

　　大车店没拉电，客房挂一盏马灯，马厩挂一盏马灯。晚上，车夫们掰脚丫子，亮肚子，讲笑话。马灯的光芒没等照到车夫脸上就缩在半空中，他们的脸埋在黑暗中，但露着白牙。不刷牙的车夫，这时也被马灯照出洁白的牙齿。苇子编的炕席已经黄了，炕席的窟窿里露出炕的黑土。肮脏的看不出颜色的被褥全在马灯的光晕之外。房梁上，悬挂着一尺左右，像暖瓶一样的马灯。灯的玻璃罩里面的灯芯燃烧煤油。花生米大小的火苗发出刺目的白光，马灯周围融洽一团橘黄的光芒，仿佛它是个放射黄光的灯。马灯的玻璃罩像电吹风的风筒，罩子四周是交叉的铁丝护具。装煤油的铁盒是灯的底座，可装二两油。

蛾子在屋顶缭绕，它们靠近灯，但灯罩喷出的热气流把它们拒之灯外。不久，车夫们响起鼾声，这声音好像是故意发出的极为奇怪的声音。你让一位清醒的人打鼾，他发不出梦境里的声音，他忘记了梦中的发声方法。有人像唱呼麦一样同时发出两三个声音，有低音、泛音和琶音，有许多休止符使之断断续续。有人在豪放地呼出噜之后，吸气却有纤细的弱音，好像他嗓子里勒着一根欲断的琴弦，而且是琵琶的弦，仿佛弹出最后一响就会断了，但始终没断。打呼噜的人大都张着嘴，但闭着眼。他们张嘴的样子如同渴望被解救出来。我半夜解手回屋，背手踱步，在马灯的光亮下视察过这些打鼾的车夫，洞开的嘴还可以寓意失望、吃惊和无知。他们是够无知的，把这个村的羊粪拉到另一个村的地里。其实，我看到那个村也有羊圈。那时候，农村里的一切都归公社所有，拉哪个羊圈的粪都一样，就像一家人，把这个碗里的饭拨到那个碗里一样。车夫们睡姿奇特，如果在他们脸上和身上喷上一些道具血，这就是个大屠杀现场或廿先烈就义图。有人仰卧，此乃胸口中弹；有人趴着，背后中弹；有人侧卧并保留攀登的姿势，证明他气绝最晚，想从死人堆爬出去报信但没成功。

即使不解手，我也希望半夜醒来到外面看看夜景。夏夜的风带着故乡性，它从虫鸣、树林、河面吹来，昆虫在夜里大摇大摆地爬，爬一会儿，抬头看看天上的星星。月亮瘫痪在一堆云的烂棉花套子里。我看到夜越深，天色越清亮。接壤黑黪黪的土地的天际发白。可见"天黑"一词不准，天在夜里不算黑，有星星互相照亮，是地黑了。被树林和草叶遮盖的地更黑，这正是昆虫和动物盼望的情景。在黑黑的土地上，它们瞪着亮晶晶的眼睛彼此大笑。夜风裹着庄稼、青草和树林里腐殖质的散发的气味，既潮湿，又丰富。我回屋，见马厩里的马灯照着马。木马槽好像成了黑石槽，离马灯最近那匹马大张着眼睛往夜色里看。灯照亮它狭长的半面脸颊，光晕在它鼻梁上铺了一条平直的路。马在夜色里看到了什么？风吹了一夜却没有吹淡夜色。那些跟跄着接连村庄的星星就像马灯。喝醉了的大车店老板手拎马灯，如同拎一瓶酒。他走两步路，站下想一想，打一个嗝。青蛙拼命喊叫，告诉他回家的路，但他听不懂。夏夜，马灯是村庄开放的花，彻夜不熄。马灯的提梁使它像一个壶，但没有茶水，只有光明。马灯聚合了半工业化社会的制作工艺，在电到来之前，它是有性格、有故事的照明体，它是移来移去的火，是用玻璃罩子防风的火苗之灯。它比蜡烛更接近工业化，但很快又变成了文物。马灯照过的模糊的房间，现在被电灯照的一览无余，上厕所也不必出门了。

铁 匠

早上醒来，一个想法钻进脑袋——我想当铁匠。当铁匠多好，过去怎么没想到这个事呢？

在铁匠铺，用长柄钳子从炉中夹一块红铁，叮当叮当地砸，铁像泥一样柔韧变形。把铁弄成泥来锻造，是铁匠的高级所在。暗红的铁块烧透了，也懵了。这时，当然不能用手摸它，也不可用舌头舔。砸吧，叮当叮当。

铁冷却了，坚硬了，也不红了，以暴雨的节奏打击，那么美也那么短暂。那时候，铁是软的。

用钳子夹着火泥向水里一探，"滋拉"一声，白雾腾焉。这件事结束了，或完成了，这像什么呢？真不好形容。这是一种生命扩张与凝结的感觉。

而铁匠，穿着白帆布的、被火星儿烫出星星般窟窿的围裙，满脸皱纹地向门口看——门外的黄土很新鲜，沿墙角长一溜青草，远处来了一个骑马的人。

历史上，铁是强力的象征。《旧约》上说："以色列整个地区未发现铁匠，因为腓力斯坦人说，免得希伯来人制造剑和矛。"在非洲，冶铁是宗教仪式的中心，安哥拉人在冶炼时，巫师把神树之皮、毒药和人的脑浆放入灶穴，当拉风箱的人开始工作时，伴有歌唱、舞蹈和羚羊的粗野音调。

在苏丹西部，铁匠像祭司一样得到国王的保护。而在北非，铁匠可怜地处于受侮辱的最底层。而布里亚特——蒙古人认为铁匠是神的儿子，像骑士一样无比光荣。

铁匠是刀的父亲、犁的母亲。在人类的文明史上，铁匠比国王的作用更大。不说刀剑，一个小小的马蹬便能带来版图的延伸。

铁匠之所以神奇或另类，因为他们面对的是古代人类最为敬畏的两样东西：火与铁。铁匠铺如同产房，在火焰中催生奇特之物，从车轴到火镰。布里亚特人的萨满仪式唱到：

你们这九个"波信陶"的白色铁匠啊，

你们下降凡间，你们有飞溅的火花，

你胸前有银做的模子，你左手有钳子，

铁匠的法术多么强大啊，

你们骑着九匹白马，

你们的火花多么有力量！

漆黑的铁匠铺里的"铁"味，是锻击和淬火的气息。炉火烤着铁匠，他的脸膛像通红的铁块一样光彩焕发。在太阳下，铁匠的脸黝黑，像塑像。

乡下女人

　　家属院里停着一辆马车，黑胶皮轱辘，驾辕的白马垂首立着，像为什么事默哀。一杆小鞭插在辕杆上，红缨好看。这是乡下人进城卖大米的。

　　在横竖垛起来的大米袋子上，坐着一位乡下女人。她双手袖在棉猴样的灰棉袄里，戴一条绿围巾，怯怯地看着往来的人。她男人穿旧军大衣，手持计算器，脸上装出凄苦的表情，和一帮老太太杀价。

　　乡下女人静静地坐在大米袋子上，仿佛生了根。

　　待大米卖完之后，她跳下车与男人走进商店，在众多商品面前惊羡、皱眉或口出"啧啧"之声。买东西是她许多梦想中的重要梦想，她即使很专横也道理十足。只有今天她在车上坐了一天，其余的日子都极操劳。她是女人，要追求时尚又拒绝时尚最终按自己的审美趣味买一堆被丈夫讥之为"很村"的货色。她是母亲，要给孩子买花花绿绿的衣袄，便宜而实用。孩子穿了这些行头之后，就如年画中的童子一般憨。乡下女人给老婆婆买的东西，必是看上去很值钱，又很不中用的物件。这既可是讲和的礼物，也可是纷争的开端。

乡下女人健康扎实地迈开步子在街上走，她很可爱，但并不适应城里男人的目光。

当一个城里男人用卡夫卡式的目光沉静而犹疑地看她时，她必是心忙乱了，怕被人笑话，也怕被人亵慢。

我喜欢看乡下女人和那匹垂首的马。白马偶尔抬蹄子，保持立正姿势。乡下女人黑水晶似的眼光从额前垂发向外清澈散出。

在乡下的时候，常常能看到农妇的笑。这种笑像一眼毫无矫饰的泉水，自石缝间逸流。我恍然记起在生产队的"农村夜校"里，顶棚是秫秸与报纸合成的，早已熏旧。人们麻木地聆听宣读的文件或文章。在很暗的灯光下，唯乡下女人勤勉地缝着什么。她将线头挽成疙瘩，然后以牙咬断的片刻，恰如一帧极美的肖像。偏头，一只手举着衣物，线把脸颊勒出一道深印。"啪"的一声，线断了，她又将舌头在嘴里寻找线头，吐出去。倘若怀里的孩子哭了，或者被旱烟熏咳嗽了，乡下女人能以最快的速度掀开层层叠叠的衣服，将大奶子甩出来，准确塞入孩子嘴里。

乡下女人多健谈，得意处便纵声大笑，这种豪放是城里女人所没有的。她们的笑声穿透了簌簌的杨树叶子，最后落在墙根许多伸展叶子的草上。

乡下女人会包最好吃的酸菜馅饺子，会喂猪，会把儿子培养得像牛犊子一般健壮。

乡情如葡萄
把众多脸庞挤在一起看我

坐在车里，我想象着吉普车屁股扬起蔽日黄尘的样子，心里有些不稳，因为有许多村人正眯着眼揣摩这股黄尘，而我在三十年前是扛着铁锹一步步走在村路上的。

村口的榆树如同全村的教父，伸着干枯的手臂搂着土地上的男女，它甚至想用大骨节的手指抚摸村里最小的婴儿。榆树，我景仰这种树，但似乎说不出来。诗人安谧说：榆树也有松柏的坚劲。安谧当年在山东阳信县用目光抚摸一株斑驳的榆树，"目光还没有延伸到树顶，已经晕眩"。他称它为"通天树"。

果然，榆树下聚集着许多人，女人、老人和孩子。远看，他们是站在榆树胡须下面的羔羊。我没有下车，因为不认识这村的人。

离村不远处是一溜儿杨树，它们的躯干在冬日里格外光洁。北方的树是如此干净，枝叶早已删繁就简，脚下是无边的、同样干净的黄土。像这样熟悉的杨树的身影在车窗一掠而过时，有许多话涌上来又迅速消失了，因为眼前又掠过新的熟悉的景物，比如柴禾垛和悠游的啄食的鸡群。我分别想对杨树、水井及场院说话，由于搅在一起而哑然了。诗人桑戈尔曾经歌唱非洲的树，"像湿漉漉的睫毛一张一闪"。树如诗人，在眼睫毛似的张闪中，包含了哽咽与倾吐。

　　车停下时，一群孩子扑过来，像鸟儿落在车旁，他们把脸一张张挤在窗下，向里边看。司机下去修车，车里只有我。我置身于孩子们严密的眼光之中，不知以怎样的表情还报他们——他们看我如看亲人。诗人叶延滨回到延安时，有人隔着崖畔喊他的名字。这一喊，令诗人心惊落泪，自忖："二十年了，还有人记得自己的名字。"我享受不到这样的荣耀，却也静穆于孩子们挤在一起的脸庞。黝黑、饱满的孩子的脸，如一串串葡萄自天悬下，可以从中吮吸到淳朴与宁静，一解乡情之渴。

乡 村

乡村里仓房的大门打开了，准备好一切/收获时候的干草载上了了缓缓拖曳着的大车/明澈的阳光，照耀在交相映衬的银灰色和绿色上/满抱满抱的干草被堆在下陷的草堆上。

这是瓦尔特·惠特曼的诗（楚图南译），每次读到这里，我都急于披衣穿鞋，到门口去迎这样一辆大车。

乡村的丰饶与芳草，被这样一辆大车满载着，摇摇晃晃而来。所有的譬喻，在这儿都可以成为现实，节日、早晨、露水、星星、父兄、故乡，它们都是可以"满抱满抱"的，不会使喜欢这些词语的人失望。

我是一个在城里长大的人，但无比喜欢乡村。我常常为别人指我为"一个在乡下长大的人"而感到宽慰，仿佛又呼吸到了干草甜蜜的香气，头上曾经顶过无数的星星。

我认识一些人，在乡村长大却急于批评乡村。他们为贫穷而可耻，为自己童年没有上过幼儿园而羞愧，贫穷固然可耻，但光着脚在田野里奔跑，不比在一些幼儿园更益智更快乐吗？在乡下的河边，双脚踩在像镜子一样平滑的泥上，十趾用力，河泥像牙膏一样从趾缝清凉细腻涌出，岂不比在幼儿园背着手念"b、p、m、f"更高级吗？

乡村可以改变人生。我惊异于两年的知青生活对我的颠覆性改变。这样的改变在开始并没有显示出来，但随着年龄的增长，"乡村"像一个次第发布指令的基因程序一样，越来越使我成为一个标准的文本。从照片上看，我的身态骨架，包括表情都像一个北方的农民，好像手里已经习惯拿着镰刀或赶车的鞭子。而坚忍、吃苦、好胃口以及顽固的幽默，也由乡村深深地浸入我的确良骨子里，这使我在今天无论遭遇怎样窘促，还都能够忍下去，并保持明净的心境。我感谢乡村接纳了我这个孩子。

我不知道是否每一个知青都在内心默想过乡村的土地。对知青来说，苦役无异于噩梦。我在乡村经历过的生理上的苦楚，到今天仍然是唯一的。在夏日正午近四十摄氏度的高温下耪地，人变成了一个刚刚能呼吸、能机械移动的动物，脑子里一片空白。而冬季的寒风可以把人脸冻得用手一碰就是一道血口子。然而我还是怀念乡村。当我在电视里看到农人到粮站排队卖粮的表情，我同时忆起了粮站周围庄稼发出的气息，那是叶子宽大的玉米的气息，比草多一些甜味，比河流又多出一些土气。在夜里，在蛙鸣和蛐蛐的歌唱中，这些气味会和落日、马粪与炊烟融合在一起，变成令人难忘的甜蜜而忧伤的印象，久存心底。

农人言语简净，一语多头，透着十足的幽默和狡黠。使人感到宽调中的曲迁，如飨享村民的宴筵一样。你感到他们的语言中具有永远学习不尽的丰富隽永，意味深长。听他们说话，像走在乡村大道上，像一路览阅草尖上的露珠、高粱穗玛瑙般的密集、白杨树的朴素和渠水的清凉一样。

乡村无尽，只有上帝能够创造乡村，而人类创造了城市。我虽然蛰居城市多年，但始终没有闻到乡村早晨、中午、晚上和夜里的气味，闻不到乌米、烤马铃薯、井水的味道。而我下乡那个大队米面加工厂那头小毛驴发出的亲切的喷嚏声，也是近二十年来我在人群当中从来没有听到过的。

童 年 书

照片和木梳掠走的时光

我爸在报社工作时,请摄影记者到家里来照相(但记者更愿意说他是在摄影)。我家因此比别人家多出一些黑白照片,镶在镜框里。

摄影记者名字叫杨义,他三十多岁就叼一只烟斗,细眼,脸常带笑容。被杨义摄影要具备胆略,他左手高举闪光灯,"别动"!低头看莱卡相机的取景框,"别喘气"!杨义眼睛眯得愈细,表示他真的要摄影了。"啪"闪光灯爆响,炫目之光直取人面。

我们每次都吓一跳,脸可能吓白了。闪光灯爆裂的声音很大,它用短路的方法放射照相需要的一丈光芒。杨义微笑着,关上莱卡相机厚厚的皮盖,叼起烟斗,我爸划火柴替他点烟斗。

照相时,杨义让我们笑,"就像我这样"。他嘻嘻笑着。我不知道(现在也没弄明白)照相为什么要笑。我家照相之际,窗玻璃堆满向屋里张望的脸庞,大人或小孩的脸。他们严肃地、惊奇地观看照相或摄影的全过程,而我们竟在笑,其实连哭的心都有了。闪光灯"啪"的爆响后，窗外趴着的人逃走一多半，我姐吓得钻进挂蓝花布帘的高桌底下，我爸用手攥住炕沿。我照相时被闪光灯吓到，留下惊魂之态。杨义说："你看，浪费一张胶片，这是国家财产。"其实笑这个事真不是说笑就笑的，我们后来才渐渐会笑。我们对闪光灯大骇之际，杨义很满意，他不知看过多少张被闪光灯吓坏的脸。

杨义给我家留下不少照片，我妈看《人民画报》、我姐跳舞、我穿灯芯绒小褂举纸旗抗议美国出兵巴拿马等都有照片，我们都在笑。但我们还是不愿照相，一来闪光灯可怕，二来笑更可怕，三来要回答家属院里小孩、老婆子的咨询："照相疼吗？腿抽筋吗？"没办法。

我爸常常不征得我们同意就把杨义请到家里，我们略微表示不想照相，我爸立刻大发脾气，摘帽子摔在桌上，咬牙、出汗并擦汗。杨义理解我爸的心情，哄我们把相照上。那时候，照相（对不起，摄影）特别是照生活照并不容易。

回想这些照片（大多数没了），忆念深的是我妈给我姐梳头的一幅照片。照片上，我妈身穿苏联式大翻领毛料西服（袖子挽着，衣服买大了）给我姐塔娜梳头。看上去，我姐四五岁，我妈三十岁左右。我妈梳头时表情羞涩——给女儿梳头不须羞涩，估计是穿西服或杨义讲了什么笑话让我妈不好意思了。

我不时地想起这张照片。今年过年，我妈和我姐坐着聊天，我心想你们咋不梳头了？母亲给女儿梳头是乐事，木梳顺乌黑的头发梳下来，头发像水从梳齿里流出。我妈给我姐先梳头再编辫子，最后系两个粉色的蝴蝶结，这个闺女就算打扮好了，塔娜将嗖地冲出房门跟别人跳皮筋去了。我记得我姐更喜欢给我妈梳头。我妈也留大辫子，塔娜不会编辫子，她一遍一遍梳我妈的头发，脸上带着笑容，像享受。

有时，人会无端地探究时光从哪里溜走了。想不出时，人用一些比喻说时光之逝。比如沙漏，时光像沙子一样漏走；比如钟表之针，走着走着赶尽了光阴。朱颜凋于镜里，时光何尝未从木梳齿的缝隙里溜走呢？木梳还在（当年的木梳早不在了），人的乌发被它梳没，头发和时光一道被木梳掠走。才知道，木梳是一个藏在我们身边的抢劫犯，早应抓起来。木梳之齿也是牙齿，吃掉了头发和光阴。

想到我妈和我姐互相梳头的情景，还想起我家满墙糊着报纸，我几乎读过上面的每一个字。越南共和国的阮文绍和吴庭艳、韩国的李承晚都是在那时知道的。窗外长一排向日葵，金黄的大脸盘上蜜蜂缭绕。从屋门走出，看见窗下栽一排鸡冠花，如金丝绒一般华贵。我爱把脸贴在院子东边的电线杆子上听电流的声音——"嗡"，里面有电和电报以及电话，这是大人告诉的。但我们听不到，"特务"也不一定能听到。

有一次，杨义上我家照相，这回是给我爸照。他参加八省区翻译工作会议，需要一张照片贴在会场的光荣榜上。杨义把贵重的摄影器材从包里掏出来，还没照，闪光灯就爆了，对着地上的铁炉子。我爸十分不解，他问："先照炉子吗？"杨义嘟嘟囔囔说了些什么。这像擦枪走火一样，显然杨义误扣扳机消灭了一个灯泡。杨义从包里翻出一个灯泡安在闪光灯上，说："老那，就这一个灯泡了，你必须配合好，腰挺直。"我爸迅即挺直腰板，说："是。"他当过兵。杨义的照相机不知又出了什么毛病，他嘟嘟囔囔鼓捣。我记得我爸腰板笔直站立，抿着嘴，目视前方，汗流进扣着风纪扣的毛料中山装的领子里。我妈哈哈笑，拿毛巾让他擦汗。他生气了，大喊："别碰我！"相机修好了，闪光灯对着我爸而不是炉子爆响。在闪电一般的白光里，我爸像烈士一样坚毅，随后坐在椅子上，解衣扣，闭目喘粗气。这张照片找不到了，估计当年挂在墙上相当吓人——我爸豹眼圆睁，鼻梁笔直，抿着嘴，如同目睹山崩地裂。

腕 线

每当我看到孩子们胖胖的、细嫩的手腕时，就想要是上面有一束彩线多好。彩线是我们童年在五月节时戴在腕子上的，左腕。红的、黄的、橙黄，还有绿和蓝的丝线编成一个环，穿在手上十分神气，好像是从外国来的小孩儿。起先我们家不知道这个风俗，箭亭子家属院最早戴这个的仿佛是一家满族人。我妈下班的时候问人家："戴这个……"

人家说："你连这个都不知道，消灾避祸呗。"

我妈很惭愧，连家都没回，赶忙上街给我和我姐塔娜买了两束彩线，因此我们到现在都很健康。

戴上彩线，无论跳梁作耍，常要抬腕看一下，像大人看手表一样。在五月节，大院里散发着艾蒿的香气，好像到处都有中医。而孩子们，已经折下新鲜的柳条当马骑，在他们尘土飞扬的屁股后面，露出一根柳叶的尾巴。我们快乐，因为家里还有粽子等着我们。雪白的粽子里面藏着大枣，有的粽子却没枣，可见大人常常很坏。把黑绿的苇叶从粽子上揭下来时，拉出长长的粘丝。

小孩儿这时会齐齐地、夸张地喊："啊——"

有时粽子叶上还附着姜米粒，小孩儿探头啃的时候，鼻子和苇叶间也会拉粘丝。

腕束彩线是一种仪式，正脉在此。束上彩线，无论寓意五谷还是寓意五行，都让人踏实一些。而孩子们是最喜欢仪式的，无论祭祀还是一件事情的开幕闭幕，都让小孩儿欢喜与肃然。这是对平庸生活的冲洗，又像通过这件事与一种看不见的神秘联系在一起。我们睡了一夜觉后，早晨醒来，先看腕上的线有没有。而看过自己腕上竟有彩线，十分振作。这件事在梦中已经被忘记了。一次，我们玩的时候，有个小孩儿突然喊："哎呀，戴彩线这只手有香味！"我们纷纷俯首而嗅，并用怀疑的目光互相看。不知别人嗅到了什么，我腕上没有香味，但都说："香！真香！"后来，大家相互嗅，看到底香不香。在嗅到了一个外号叫虫子的小孩儿时，有人说"鸡屎味"，大伙赶忙过来嗅，无不称快。虫子眼里哆嗦着泪，说："不是鸡屎，是鸡蛋味。"他刚吃过鸡蛋，手上还粘着皮儿。但大家一致说是鸡屎味。外号叫烂樱桃的人说："鸡蛋就是鸡屎变的。"大家说："对。"

虫子的泪水在眼眶里越蓄越多了。

洋 井

　　洋井在米心培他家的园子边上。晚上做饭的时候，众人拎桶叮当取水。米心培他老婆站在台阶上，看。

　　计划经济在南箭亭子盟公署家属院的体现之一，是七八栋房子设一洋井。这井怪，压水时，稍一慢，井水伴着嘶哑的长音缩回，像咽气。再注水引，嘎噔嘎噔，直至水花溅出井口半尺高。这时，米心培老婆轻蔑地笑一下。他家的人爱敞怀，孩子们衣裳没纽扣，一跑，两襟如旗，从肋下飘起。

　　洋井也是公家配的。铸铁，葫芦似的井身接管在地下吸水。井把儿弯如鸟身，鸟头衔着井碗，手拄的地方像砍刀把儿。

　　米心培是盟公署会计，因此戴眼镜。他家人嘴大。要有人在南箭亭子转，见嘴大的人，就是老米家的。要是见到不大点儿的孩子，不认识是谁家的，如果嘴大，也是老米家的。他老婆老在生小孩，无暇掩怀。

　　冬天井台高如小丘，水泼上，带着流势成冰。取水的人战战兢兢，怕摔。井碗在晚上由米心培老婆收到家里。取水人要恭谨叩门，取井碗，再要点水引井。他老婆傲慢地掀开水缸的秫秸盖，给你两瓢。两瓢水不够，那不管了。

取水对我们小孩是快乐的事情。冬天，在白冰的井台上压水，井水在寒冷的早上飘着白雾泄入桶里，清澈渊深。我和姐姐用木棍担着回家，两人一起倒进缸里，看水在缸里又长了一截。

夏天取水浇园子，我爸在园子四周种一圈向日葵，它们像卫兵一样扬着金黄的大脸盘子，蜜蜂飞舞。向日葵的短花瓣像胖厨娘系一个带花边的小帽子。在园子里边，我让我爸种香瓜，但长出来的是肥硕的大叶子。我爸的战友看了，说这是烟。我爸很生气，天黑全拔掉了。

米心培的老婆站在高台阶上看人们取水，这么多水被别人挑走了，她可能感到心疼。她家的园子最好，葱、蒜、菠菜，深深浅浅的油绿，都能佐餐。其实米心培家吃饭的碗都不够，二胖和三笊篱在一个碗吃，他妈他爸各有一个碗。二胖弄断一根筷子让他妈打了一顿。过一年了，他妈想起这事又把二胖打一顿。

有一次，我们在井台上玩。蚰蜒说，谁敢舔洋井把儿？那是冬天。大伙说，你舔我就舔。蚰蜒说，谁敢舔我管他叫爷爷。六猴子——平常最完蛋——有点抖擞，拿眼睛转大伙。我们袖着手，你舔，舔呀！六猴子咧嘴乐了，用舌头在空气中伸缩两下，练练。他上去，摸摸井把。不许捂乎，蚰蜒说。那你得管我叫爷爷！六猴子转过头重申。他不叫就给他扒裤子，大伙说。六猴子低头，把舌头伸出来，又说，叫噢，然后舔。

"嗯——"

六猴子古怪呻吟。他舌头粘到井把儿上了。粉红的舌头在黑铁上拽不下来，六猴子哭，费力扭脸，可怜地看我们。大伙先是大笑，后来害怕。六猴子转而号啕。有几个小孩吓跑了。

粮本他爸听到喧哗跑出来，一看，痛斥：胡闹！转身回家端了一瓢水，慢慢浇在六猴子舌头粘处。舌头下来了，六猴子捂着嘴，飞也似的哭着跑回家。粮本本名梁立本。他爸说话嗡嗡的，像肚子下面接着地洞。

米心培他老婆的脸，露在玻璃窗后面，好像刚笑过。

"谁弄的?"粮本他爸训斥，我也吓跑了。

六猴子有很长时间不说话。他们说，六猴子说话跟傻子似的，管"饭"叫"拌"。大伙也不提蚰蜒管他叫爷爷的事。

我跟六猴子说话，他光摇头。

原　来

原来我们跟翎子好。再说我跟翎子她弟弟镜框也挺好。镜框本名小东。他有一天把家里镜框卸下来，举着，站在门口。他奶奶半瞎，说："这谁呀？张学良吧？"伸手一摸，鼻子嘴是肉的，吓得跌坐在地。后来，他就成镜框了。

翎子，什么时候都是笑脸。黄眼珠子闪亮，脸粉白，说话声低但笑音高亢，咯咯咯咯。

镜框不满地翻她，"你下蛋呢？"

翎子是初一的，比我们高三年级。夏天，我们在她家房檐下坐一溜，听翎子念课文。她家的胭脂梅、指甲桃，还有波斯菊开满畦子，蝴蝶飘飘。

翎子用一种特别的腔调，像给每个字都上了劲，念：

"小河清清小河长，小河两岸是故乡……"

我们都不敢乐，享受着很拘束的一种高雅气氛。

然后，翎子给我们分指甲桃花瓣，一人五瓣，染指甲。英子、莎娜、我姐又跳安代舞，拎着手绢，登拉哒哩嘀，登拉拉哒登哒。

后来，听人说翎子跟男的亲嘴。真的？那人看我们不信，急了。"在辽河家属院乒乓球室，我亲眼看见的。他俩搂着，翎子跷脚。男的是一中的，鬈毛。"

大家心情黯淡下来。翎子竟然干这么恶心的事。翎子过来，我们假装不认识。她说话，我们扭头。

还有一次，放学时见到了翎子。她那时一个人走，我们往她身上吐唾沫，吐到舌头都麻了。

爱华、周小平间或说："……辽河，哼！乒乓球室……呸！"

我从侧面偷看翎子表情。她一下下眨眼，搅散泪水，手拽书包带，使劲往家走。

天堂的门口

如果那一片红砖平房没拆，孟三虎家落地的桃花瓣每年都被张二朵的妈妈弯腰捡起来做胭脂酱了。酱里有桑椹，它管上色，山楂管酸。

平房的屋顶落野鸽子但不落喜鹊，张红子拿弹弓打野鸽子，天空落下一根羽毛。红子用杏木刻了一只鸟，黏上这根羽毛当尾巴，说这是战利品。那时候白云飘得很低，站在辽河工程局的大榆树下仰望，深绿的小叶子好像泡在云彩的棉絮里。我们坐在屋顶上看落日，坐一排。夕阳架起大锅，煮群山的骨头、云彩的肉。天际由橙变蓝，山峰最后只剩下木炭似的黑色。

如果不修水泥马路，我们还走在半圆形的土路上，雨水流进路边的洋沟里。沟沿上长着拉拉蔓，拔起来吃它的根，辣而甜。路上的小石子供我们踢来踢去。懵懵懂懂的石子不清楚，它们已经从钢铁大街被踢到西南园子的菜地，这块儿是农村了。石子从未来过农村，这回来到了农村而且回不去了。它们可以在这里看到卷心菜里的大绿蛆和天空的蝴蝶。蝴蝶像撕碎的纸片从电线杆子上飘下来，却总也落不到地面。

我们在马路上横行，敞着怀，露出如猎狗一样凹陷的腹腔，肋巴像簸箕的两扇帮。多数人右脚的鞋头有个洞，踢石子踢的。少数人没洞，因为他们没鞋（他们的哥哥的脚长到穿不进原来的鞋时，鞋才传给他）。我们大步走，但不清楚往哪儿走。有时候走到南山脚下的煤场子，拣几块从马车上颠下来的煤块回家。有时候往北走，钻进大白菜地里睡觉。白菜有一股带甜味的清香，苤蓝、窝瓜都散发不出这样的香味，因为它们不是白菜。

那时候无论看哪个方向都能看到天际，孤零零的几座楼房根本挡不住天空。那时候连山都不好意思挡住天空，至少要露出多半个天空，使天空看上去比游泳池大。现在天空成了天的胡同和天的街道，成为蓝窄条，跟布似的。只有广场上空的天是方的，但广场太少了。建设就是为了在地上盖满楼让天都变成蓝布条吗？不知道。

即使我们的脸上没有皱纹，头上没有白发，我们仍然回不到童年。童年不光是红砖平房和藏猫猫，也不光是藏猫猫睡在了别人家的仓房里。我们的心灵不纯洁了，眼睛没办法看到童趣。生活是魔法师，它岂止是魔法师，简直是巫师。成年人走在大街上，童年的好东西纷纷逃离他，逃到另一条街。这些东西是趴在墙壁上倾听的光线，倒映一株青草的雨水的水洼，还有屋檐上的鸽子。

如果真的回到童年，四门市、水文站和八一修造厂能和原来一样吗？我们能安于童年吗？你可以蔑视电视机、电子游戏和手机，我们在童年能够拒绝它们吗？童年的宁静、美好，包括枝上的樱桃和晚霞也许只是在我们的内心臆造的，如果真的有过，它也是只出现一次的奇迹，如天上的流星。

人啊，越年长越追求越爱回忆童年，可能软弱者为了回避现实才迷恋童年（包括自己臆造的童年）。我已经明白上帝的意思，他把最好的东西送给了儿童，这个好东西就是他们的童年，一人一个，不多不少，永不再来。但我还有奢望，童年虽不再来，可否有一副儿童的眼光呢？泰戈尔说过："上帝期待着人类在智慧中回到童年。"我觉得即使没有智慧，心地干净也可以回到童年。

假如我像童话里的农夫那样救过一个动物，这个动物让我许一个愿，比如得到黄金或成为国王等等，我还是愿意回到童年，带着白发和皱纹同孩子们一起游戏。人在童年有许多恐惧，比如怕迷路、怕狗、怕噩梦，我宁愿带着这些恐惧走进童年。那时候，世界多么宽阔，蜜蜂、蚂蚁和燕子都是人类的朋友。朋友里还有墙头的小黄花，松木燃烧冒出的烟雾，从樱桃上滴下来雨滴，不偏不倚落在石竹花的蕊里。那样，我们就走入了天堂。

白银草原

我有一匹马

今年大年初一早上，窗外雪片飞舞。在我们赤峰这个地方，好几个冬天没下雪了。大街上，人们拜过年还补充一句：下雪了，彼此咧嘴笑。小雪花不只于降落，它们在风中像小蜜蜂一样左右乱钻，最喜欢钻进人的脖梗子里暖和一下。

这一天是我妈乌云高娃的生日。中华人民共和国成立前，她十四岁参加革命，如今八十四岁。我妈戴上纸王冠，吹灭红色的生日蜡烛，双手捂着脸，流下眼泪。

雪越下越大，我爸那顺德力格尔看着窗外，说："这时候我们到塔湾了。"他的话很奥妙，像电影独白——"这时候"说的是 1948 年 2 月，即七十一年前。这个时间概念包括辽沈战役。"这时候"他是内蒙古骑兵二师的战士。在沈阳西北角的塔湾，他们连接到进攻命令，士兵们扔掉多余的东西，这是要拼命了。我爸脚伤不能行走，连长罗宝把他扶到马车上，给他一百发步枪子弹。说到这，我爸瞪大眼睛，"一百发子弹，从来没发过这么多子弹，这仗不知道多残酷呢"。他眼看着连队全体上马，举刀，隐没在炮火里。作为孤独的伤员，他准备打光所有子弹，死在这里。

然而我军胜利了。在战场上，士兵用耳朵判断胜负——枪炮声渐弱，周遭宁静，硝烟在雪地上渐渐变淡。我爸根本没用完一百发子弹，一发都没用。他今年九十一岁，头发茂密高耸，鼻管挺直，如高加索的猎鹰。他透过玻璃窗往东看，东边是我姐塔娜住的小区以及他想象中更远处的沈阳塔湾。

这里是阳光小区，我和父母住在这里，我媳妇在沈阳照顾她母亲。我们仨聊天，我说四五十多年前的事，他们在说六七十多年前的事。而开着的电视机，在播报当下的新闻，比如港珠澳大桥全长五十五公里是世界最长的跨海大桥。这场景像一部先锋话剧，我们轮流上场，讲述时光的往事。时光在某一瞬间重新组合时，平淡的生活会变得庄重起来，你成了历史的讲述人。

父母老了，越来越想念自己的故乡。我不敢带他们外出旅行，我的任务是访问他们的故乡，带回照片和见闻向他们汇报。去年春天，我拜访我妈的出生地——巴林右旗白音他拉乡宝木图村，这里也是著名诗人巴·布林贝赫的故里。村书记孟克白音带我看过我母亲出生的院落，面积二十亩许，当年是她祖父平乐爷爷的宅院。孟克白音说，有人想租这个地方办企业，村里没同意，建成了养老院，叫平乐养老院。我妈听到后高兴地跳脚拍掌（八十多岁的人，一高兴竟能跳起来）。她说平乐爷爷一定赞成。她有五十多年没听过这个院子的消息了。今年一月，我到科左后旗的胡四台村探望病中的堂兄朝克巴特尔。这里是我爸的出生地。回来，我向我爸汇报："经过胡四台全体村民的不懈努力，你老家被建设没了。"我爸惊讶并愤怒："什么？"我告诉他："你经常回忆的白茫茫的沙坨子没了，现在除了玉米地就是林地，没空地，狼和狐狸也没了。胡四台村五里外就是高速路。现在，你们村跟朝鲁吐镇连上了。"

"咋回事？"他问。

"房子和房子连在一起，变成一个大镇了。"

他表情变化犹如云影从草地上滑过，那是几十年的光阴倏尔而逝。他说："嗨，这帮兔崽子。"

我去过一些地方并在那里跑过步，算一下，履及国内一百八十八个市县区。我喜欢顺着江水流淌的方向在江边跑步，水快则快跑，水慢就慢点跑，按规律办事。汉江流域的汉中、安康、襄阳和武汉的江边都留下过我的足迹。我觉得汉江应该认识我——看，那个跑步的蒙古人又来了。在汉中的江边，两只朱鹮一前一后从我头顶飞过，它们通体橘红兼带粉色，翅膀和尾羽舞动流苏。朱鹮知道我们这些名为人类的人轻易见不到它们，故不高飞，并慢飞。我想如果我是古代人此刻一定纳头便拜，但那会少看好几眼啊。我看朱鹮融入天际，而它在天空俯瞰到什么呢？明代修造的梯田里长满金黄的稻子，稻子们此刻正隐藏在柔纱一般的白雾当中。在安康的江边，往左手看，莽莽苍苍的大山是秦岭；往右手看，莽莽苍苍的群峰是巴山。巴山、秦岭终日对视竟千万年，由此雄浑。我在广州的珠江边上夜跑，被搅碎的灯光在江流里神秘眨眼。江边有卖水果的摊子，情侣们倚着栏杆相互对视。

我把这些见闻讲给父母听，我爸说："嗨，咱们国家大啊!"我妈说："咱们国家好。国家不好，大有啥用？还不如不大呢。"在谈吐上，我妈每每显出比我爸高屋建瓴。我爸想半天，说："嗨，就是。"他们说的好是安宁，虽不能囊括当今中国全部的强大，但身为百姓，生于斯土，所求者不过斯民安宁。他们受过太多的苦，遭过太多的罪。

中国太大了，走也走不完。我坐车穿越大兴安岭，从车窗看到在森林里拣蘑菇的人，脚穿令人羡慕的高腰红雨靴，左胳膊挎衬蓝布里子的柳条筐。我想下车变成他，从此生活在大兴安岭。有一位诗人说：他喜欢抱树，我也是，虽然不会写诗。我见到那些粗壮带红色鳞片的松树，见到长着奇怪的独眼的新疆杨，就想上前拥抱并跟它们贴一贴脸。在新疆和布克赛尔蒙古族自治县的江格尔广场，我见到四个年轻人（两男两女）紧凑在一起跳一支舞。他们不用音箱，以喉音哼唱一支蒙古民歌。他们抵肩，手臂下探，然后转身，双手向上摆动，面庞对着天空微笑。巨大的广场上，他们四个人只占一点点地方，肩膀和手几乎挨在一起。他们当中有一个人是我就好了。这时候，沾染金光的云朵在北方天空堆建城墙，英雄江格尔的塑像向远处眺望。我觉得，比看到美更好的是经历美，它是人生的花冠。

我退休后，母校赤峰学院请我去当教员，堂皇的说法是特聘教授。当年我是赤峰学院前身的前身赤峰师范学校 1977 年入学的中专生。那时候学校只有两百多个学生。现在它成为有二十三个独立学院、一万多学生的全日制本科院校。学院与我商议为学生们开什么课，我说讲汉乐府诗也好，俄苏文学也好，都不过是一个切入口，我们需要给孩子们阐述美。美不软弱，更不虚无，我们通过诗文告诉孩子们国土广阔之美，文章渊深之美，还有人生的刚健之美、善良之美和朴素之美，我觉得这可以是一个持久的话题。在中国行走，放眼高天厚土，万壑群山，我们不能对之无视、无感，不能放弃从中汲取善的力量。

六月初旬，查娜花（芍药花）在牧区开放。雪白的、茶碗大的查娜花像天上的星星收拢翅膀留在草原过夜，忘记回家。七十三岁的牧民班波若指着窗外的山坡对我说："这么好的花开了，我们的孩子却看不到。城里多了一个大学生，牧区就少一个年轻人。这么辽阔的草原，以后留给谁呢？"说着，他用掌根抹脸上的眼泪。我什么都说不出，屋子里静的像能听到泪水流淌的声音。我听到我的眼泪落在采访本上。牧民们多爱自己的家园啊，除了家园，还有哪样东西可爱呢，是钱么？说到钱，牧民们脸上常露出微笑，说它是"东奔西跑、无家可归的'觉日查斯'（有图画的纸）"。他们爱小满时分从南方飞回的小黄鸟，爱芒种时分飞回的小蓝鸟，证明他们的家园美好，小鸟都抢着飞回来。他们忌讳往河水和火里扔脏东西，砍一棵树要请求神灵宽恕。他们转移蒙古包、拔掉系绳索的木桩时，把留在地上的洞填土踩实，以期明年长出青草。

我在翁牛特旗海拉苏镇采访。镇政府食堂的女厨师给我端来一盘馅饼，说这是她哥哥用野芹菜汁泡软羊肉干和的馅，她烙的饼。"那么你哥哥呢？他为什么这样做？""他从门缝看你一会儿就回家了。他说你是咱们民族的作家，蒙汉文的中学课本都有你的文章，呜——（发语词，表示赞叹）。""你哥哥怎么来的？""骑马，三十多里路呢。"

我到巴林右旗和阿鲁科尔沁旗采访。几位牧民为我一个人举办赛马，七匹骏马在细雨中达达跑远变成小黑点，又从小黑点达达跑来变成骏马，好几圈。我心想快结束吧，感觉愧对马。有一个镇的干部们带家属在美丽的罕山脚下为我举办蒙古语的诗歌朗诵会。有一个村为我办过篝火晚会。从四面八方骑马骑摩托车来到的牧民们，大人、孩子，一个一个从我身边走过，借篝火的光亮看我长什么样。我实在忍不住，躲到远处的老榆树的阴影里痛哭不已。是的，我在接过馅饼、听他们朗诵、看到细雨里的奔马时都流下了眼泪。这时候，所谓深入生活，实为生活深入到你心里，像山坡吹来的风、像瓢泼大雨那样抱住你，冲刷你身心的污垢。你会像蒙古黄榆一样坚韧，脸上有牧民那样纯朴的笑。

几天前，我给我爸放一段音乐——"刀扫刀，刀扫刀米刀，刀来米刀，米来米刀，米米刀来米骚——""爸，你听出啥没？"我爸说："啥呀？"我说："这里有你们啊。"我爸吓了一跳，说："这是啥呀？"我告诉他："这是骑兵进行曲。"

"嗨，我们这些骑兵，其实只有一匹马，一杆枪，一把哈尔滨生产的战刀。我们呐，1948年冬天围困长春，身上就穿一件单衣服，白土布用黄炸药染的，哪有手套，哪有帽子，哪有棉鞋？人家——"我爸指蓝牙小音箱，"一听都是大皮靴。我们那时候，除了人厉害，别的啥都不厉害。"

我爸总结得多好："除了人厉害，别的啥都不厉害。"我爸就属于这样的人，20世纪90年代，他发起成立国内第一个民间翻译机构——昭乌达译书社，搜集整理从成吉思汗时代直至改革开放以来的历代蒙古族文学作品，译成汉文出版，一共十二卷，开创国内少数民族出版史上民译汉的先例。现在他已忘了这些业绩，念念不忘者，是他的老家胡四台村和他的战马——"夏日拉咩饶"——带一点杂色的白马。老家太远，他的战马已阵亡于朝鲜战场。国庆前夕，我打算在蒙古餐馆给我爸办一桌席。席间由我同学向我爸献花、献民歌，发表讲话——在实事求是的基础上对我爸加以拔高赞美，墙上挂横幅——"庆祝著名翻译家那顺德力格尔参加开国大典阅兵式七十周年"，播放铜管乐《骑兵进行曲》，最后向他赠送纪念品：一座小小的陶瓷的白马。我爸必定目瞪口呆并怀疑自己是在梦中，我不知道参加开国大典阅兵式的官兵今天还有多少人活着，如果他们活着并从电视上看到建国70周年的阅兵式该有多么幸运。他们是没在战争中阵亡又活了70年的人。1949年10月1日，我爸是中华人民共和国成立大会上受阅部队之一——内蒙古骑兵白马团方阵的受阅士兵，那年他二十一岁。

近来我脑子里一直有一个东西嗡嗡响，它叫《诺恩吉雅》。这是一首蒙古族民歌的名字，也是一位蒙古族女人的名字。这首流传百年的民歌与《嘎达梅林》堪称双璧，具为瑰宝。赤峰市正在筹划创作交响曲《诺恩吉雅》，由赤峰交响乐团演出，我来准备文学脚本。我查阅一些资料，把这首曲子听了上百遍。我越听越觉得这不只是一个姑娘出嫁的故事，是思乡，是依恋父母，是河流与大地，歌者可以在歌声中放入所有美好的怀念。我发现，诺恩吉雅其实也是我，我或我们同样爱着家乡，爱父母，爱草原上的万物。人老了才知道，人不仅是自己，也不仅是叫作"我"的此身，你是很多人，包括你喜欢和不喜欢的人。你需要找到你爱的一个人或你爱的树，走向他（它）并变成他（它）。

下面我要说一说我的马。我有一匹马，这匹鬃发飞扬的蒙古马此刻正在贡格尔草原上吃草或奔跑。去年8月，我的散文集《流水似的走马》获得第七届鲁迅文学奖，赤峰市委宣传部专门召开现场直播的颁奖会，对我褒奖。面对直播镜头，我一时慌乱，不知从何说起，只想大哭。我在答谢词中说："我是西拉沐沦河岸边的一株小草，是旭日的光线把小草的影子拉得很长，使它像一棵树。"会上，赤峰市委常委、宣传部部长杨远新代表市委、市政府授予我"赤峰市百柳文学特别奖"并奖励我一匹克什克腾旗的铁蹄马。颁奖词说："你把自己交给了文学，让露珠般的文字缀着乡音在中国文坛传扬；你是打着赤峰烙印的流水似的走马，带着长生天赋予的灵性，由高原走向高峰。昨天你以赤峰为傲，今日赤峰以你为荣。向你致敬！"后来我看了直播的视频，发现我长相开始像马了，窄长脸，眼神机警而有野性。对我来说，马是更好的归宿。作为马，我已没有追风的神勇，我是草原上温驯的老马，低着头，驮着我爸、我妈和我的文化使命，慢慢往前走。可庆幸者，这里有让马喜欢的草，风和流水，这里是我可爱的、飞速发展的故乡赤峰。

羊的样子

"泉水捧着鹿的嘴唇……"这句诗令人动心。在胡四台，雨后或黄昏的时候，我看到了几十或上百个轻盈盈的水泡子小心捧着羊的嘴。

羊从远方归来，它们像孩子一样，累了，进家先找水喝。沙黄色干涸的马车道划开草场，贴满牛粪的篱笆边上，狗不停地摇尾巴，这就是胡四台村。卷毛的绵羊站在水泡子前，低头饮水，天上的云彩以为它们在照镜子，我看到羊的嘴唇在水里轻轻搅动。即使饮水，羊仍小心，它粉色的嘴巴一生都在寻觅干净的鲜草。

然而见到羊，无端地，心里会生添怜意。当羊孤零零地站立一厢时，像带着哀伤，它仿佛知道自己的宿命。在动物里，羊是温驯的物种之一，似乎想以自己的谨小慎微赎罪，期望某一天执刀的人走过来时会手软。同样是即将赴死的生灵，猪的思绪完全被忙碌、肮脏与浑浑噩噩的日子缠住了，这一切它享受不尽，因而无暇计较未来。牛勇猛，也有几分天真，它知道早晚会死掉，但不见得被屠杀。当太阳升起，绿树和远山的轮廓渐渐清晰的时候，空气中的草香让牛晕眩，它完全不相信自己会被杀掉这件事。吃草吧，连同清凉的露珠。动物学家统计：牛的寿命为二十五年，羊十五年，猪二十年，鸡二十年，鹰一百年。这种统计如同在理论上人寿可达一百五十年一样，永无兑现。本来牛羊可以活到寿限，它们并非像人那样七情六欲破坏了健康。在人看来，牛羊仅仅作为人类的蛋白质资源而存在着。屠夫也从不计算它们是否到了寿限——像人类离退休那样有准确的档案依据。时至某日，它们整齐受戮，最后"上桌"。如果牲畜也经常进城，在看到橱窗或商店里的汉堡、香肠和牛排之后，会整夜地睡不好觉，甚至自杀，像上千只的鲸鱼自杀一样。另一些思路较宽的动物可以这样安慰自己：那些悬于铁钩上带肋的红肉，在馅饼里和葱蒜杂掺一处的碎肉，皆为人肉。因为人是这样的多，又如此不通情理，他们自相食，这样想着，睡了，后来有鼾。

"众生"是释迦牟尼常常使用的一个词。在一段时间内，我以为指的是人或动物昆虫。一次，如此念头被某位大德劈头问住：你怎么知道"众生"仅为鸟兽虫鱼与人类？你在哪里看到佛这样说法？我不解，"众生"到底是什么呢？佛经里有一段话，"众生皆有佛性，只是尔等顽固不化"。所谓"不化"即不觉悟，因而难脱苦海。后来获知，"众生"还包括草木稼蔬，包括你无法用肉眼看见的小生灵。譬如弘一法师上座时把垫子抖一抖，免得坐在看不见的小虫身上。可知，墙角的草每一株都挺拔翠绿，青蛙鼓腹而鸣，小腻虫背剪淡绿的双翅，满心欢喜地向树枝高处攀登，这是因为"众生皆有佛性"。即知，"佛性"是一种共生的权利，而"不化"乃是不懂得与众生平等，若以平等的眼光互观，庶几近于佛门的慈悲。

乡村的道上，羊整齐站在一边，给汽车、马车让路。吃草时，它偶尔抬起头"咩"的一声，其音悲戚。如果仔细观察羊瘦削的脸，无神的眼睛，大约要得出这样的结论：这些牲灵"命不好"。时常是微笑着的丰子恺先生曾愤怒指斥将众羊引入屠宰厂的头羊是"羊奸"。虽然在利刃下，"羊奸"也未免刑。黄永玉说"羊，一生谨慎，是怕弄破别人的大衣"。当此物成为"别人的大衣"时，羊早已经过血刃封喉的大限了。但在有生之年，羊仍然小心翼翼，包括走在血水满地的屠宰厂的车间里。既然早晚会变成"别人的大衣"，羊们何不痛快一番，如花果山的众猴，上蹿下跳，惊天动地，甚至穿着"别人的大衣"跳进泥坑里滚上一滚。然而不能，羊就是羊，除非给它"克隆"一些猛兽的基因。夏加尔是我深爱的俄裔画家。在他笔下，山羊是新娘，山羊穿着儿童的裤子出席音乐会。在《我和我的村庄》中，农夫荷锄而归，童话式的屋舍隐于夜色，鲜花和教堂以及挤奶的乡村姑娘被点缀在父亲和山羊的相互凝视中。山羊眼睛黑而亮，微张的嘴唇似乎在小声唱歌。夏加尔常常画到羊，它像马友友一样拉大提琴，或者在脊背铺上鲜花的裤子，把梦中的姑娘驮到河边。旅居法国圣保罗德旺斯的马克

·夏加尔在一幅画中，画了挤奶的女人和乡村之后，仍然难释乡愁，又画了一只温柔的手抚摸画面，这手竟长了七个指头，摸不够。在火光冲天、到处是死亡和哭泣的《战争》中，一只巨大的白羊象征和平。在《孤独》里，与一个痛苦的人相对着的，是一位天使和微笑的山羊。夏加尔画出了羊的纯洁，像鸟、蜜蜂一样，羊是生活在我们这个俗世的天使之一，尽管它常常是悲哀的。在汉字源流里，羊与"美"相关，又与"吉"有关，如汉瓦当之"大吉羊"。从夏加尔二十七岁离开彼得堡之后七十年的时光里，在这位天真的、从未放弃理想的犹太老人的心中，羊成了俄罗斯故乡的象征。在大人物中，正如有人相貌似鹰，如叶利钦；像豹，如萨达姆；也有人像山羊，如安南，如受到中国人民尊敬的越南老伯胡志明。宁静如羊的人，同样以钢铁的意志，带领人们走向胜利与和平。

城里很少见到羊。我见过的一次是在太原街北面的一家餐馆前。几只羊被人从卡车上卸下来，其中一只，碎步走到健壮的厨工面前，前腿一弯跪了下来。羊给人下跪，这是我亲眼见到的一幕。另两只羊也随之跪下。厨工飞脚踢在羊助上，骂了一句。羊哀哀叫唤，声音拖得很长，极其凄怆。有人捉住羊后腿。拖进屋里，门楣上的彩匾写着"天天活羊"。

后来，我看到"天天活羊"，或"现杀活狗"这样的招牌就想起给人下跪的羊，它低着头，哀告。到街里办什么事的时候，我尽量不走那条道，即使有人用"你难道没吃过羊肉吗"这样的训词来讥刺我。此时，我欣慰于胡四台满山遍野的羊，自由嚼着青草和小花，泉水捧起它们粉红的嘴唇。诗写得多好，诗中还说"青草抱住了山冈"，"在背风处，我靠回忆朋友的脸来取暖"。还有一首诗写道："我一回头，身后的草全开花了，一大片。好像谁说了一个笑话，把一滩草惹笑了。"这些诗，仿佛是为羊而作的。

马群在傍晚飞翔

群马聚到一起飞奔的时候变成了鹰，变成气势汹涌的洪水，幻化为杂色的流云。

马群跑过去，没有什么东西能阻拦它们，四蹄践踏卷起的旋风让大地发抖，震动从远处传过来，如同敲击大地的心脏。大地因为马蹄的敲击找回了古代的记忆，被深雪和鲜血覆盖的大地得到了马群的问候，如同春雷的问候，尔后青草茂盛。

原来，我以为马就是马，而马群跑过，我才知它们是大群的鹰从天际贴着地皮飞来。鹰可以没翅膀而代之以铁铸的四蹄降临草原。马群跑过来，是旋风扫地，是低回在泥土上的鹰群。

马群带来了太多飞舞的东西。马鬃纷飞，仿佛从火炭般的马身上烧起了火苗。马在奔跑中骨骼隆突，肌肉在汗流光亮的皮毛后面窜动。马群上空尘土飞扬，仿佛龙卷风在移动。奔跑的马进入极速时，它们的蹄子好像前伸的枪或铁戟，这就是它们的翅膀。它们贴着地面飞翔，比鸟还快。置身于马群里的单匹马欲罢不能，被裹挟着飞行，长戟的阵列撕裂晨雾。

马群纷飞，它们在那么快的速度中相互穿插、避让，从不冲撞，更没有马在马群中跌倒。鸟群在天空也没有鸟被撞到地上。动物的智慧——动物身体里神经学意义的智慧比人高明，它们有力量、灵巧，还美。动物不用灯光、道具、服装、化妆和音乐照样创造震慑人心的美。

马群飞过，对人来说不过是几十秒的时间，人几乎什么也看不清楚，它们已经跑远或者说飞走了。

马群去了哪里？以马的力量、马的速度、马的耐力来说，它们好像一直跑到南方的海边才会停下来。我见过埋头吃草的马群，但没见过奔跑的马群是怎样停下来的。是谁让它们停下来？是什么让它们停下来？

马群在草原徜徉吃草，十分安静。马安静的时候，能看清它一下一下眨眼。吃草的马安静，马群在奔跑时如同一片云。云也奔跑，云峥嵘，云甚至发出雷鸣，但云也是安静的，这和马相同。云更多时候穿着阿拉伯式的丝制长衫在天边漫步，悠然禅意，与吃草的马群相同。

草原辽阔，晴空如澄明的玻璃盅扣在长满鲜花的青草盘子上，它叫作大地，又叫草原。羊群、牛群和马群虽然成群，在草原上也只是星散的点缀。马低头吃草，好像闻到了自己蹄子上的草香，风吹开马颈上的鬃毛。马的安静不妨碍它飞奔，马的雄心在天边。

在草原，每天都见到几次马群的飞翔，它们从山冈飞到河边。恍惚间，它们好像从白云边上飞过来，要飞越西拉沐沦河。它们可能被《嘎达梅林》的歌词感动了——"南方飞来的小鸿雁啊，不落长江不呀不起飞……"马群要变成鸿雁，排成方阵在天空飞翔，它们渴望从高空俯瞰大地。马想知道大地是什么，为什么能生长出青草和鲜花，为什么流过河水，为什么跑不到尽头？

马站在山坡上吃草。马群飞翔，它们背上的积雪融化了，马的眼睛张大在雪幕里。马群在傍晚飞翔，掠走了夕阳。它们最后总是停在河岸，鸟群也如此。它们并未饮水，而是在瞭望天地间的苍茫。

燃 灯 人

那些铜碗亮了，从里面亮，像菩萨手拢一朵莲花。莲花扑扑跳，涌出红的花、橘黄的花。铜碗对着灯芯笑，转圈儿看火苗的头顶和火苗的腰。一念长于千古，佛灯融化了时光。

燃灯人缓缓走过来，点亮灯，一盏一盏。酥油捻子遇火露出一张红通通的脸，它见到了熟悉的燃灯人。燃灯人的皱纹也像莲花瓣，额头三道纹代表水，智慧海上莲花渐次开。他的瞳孔回映两朵更小的火苗，也在跳，与灯对视。紫檀香的木佛像，笑容似有若无。佛超越了苦，自然无所谓乐与不乐。乐比苦更短暂，短暂就不要执着了，执也着不到手里。人手心的皱纹比脸上更多，手心从小就有皱纹。它抓东抓西，什么也抓不住。摊开手，是让上天看到你什么也没有，天给你一些宁静。

紫檀木的香味像骨头的香，钻进鼻孔里还往里钻，一直趴到骨头上。酥油也有香，它在燃烧中混合了空气，似昙花开放在木鱼的敲击中。雪白的大昙花开在夜里，密集的花瓣挤出一张张脸看世界。世界不结实，转瞬变幻。昙花比时间走得更早，刚绽放就招回了花瓣，它们对周遭只看了一眼。一眼就够了，万物越看越虚幻，第一眼最真实，后来所见，早已不是它了。所谓六根，眼最欺人。

燃灯的人早晚各走几百步，走走停停，停下就有一盏灯亮。他的脸被佛灯照亮一万遍，如同过了生生世世。海潮声传过来，那是螺号声伴随诵经之音。你感觉声音真是一道波，没见到风，波却扑到脸上，从汗毛眼钻进心里，到心里又去什么地方就不清楚了。梵语和巴利语的经文像听过，记不住多少年前听过，也许是在一千年前。经所说非意，而为义。而"义"也不可详解，顶多算从耳朵往心里放一块玉，让热辣的心凉快一下。喇嘛闭目诵经，他们诵一模一样的经文，为什么呢？盏盏酥油灯在佛前开成一个花池，夜色是无边的海，露出灯盏的岛。灯的岛把花开出来，照亮一张张宁静的脸。脸们本来追求物质，可是物质不坚固乃至不存在，转而求安慰，安慰也是对来世的铺垫。此世之人谁都没见过来世，证明不了来世，来世未必比此世好。盼来世没有农药和谎言，没有 Pm2.5 和隐瞒，没有户口和拆迁，有没有钱都算好世道。油灯照不干脸上的泪痕，油灯让心驻在一小朵跳动的火苗上。火苗像开口说话，欲言又止，像不说了。众所周知，佛灯跟谁都没说过话。

灯慢慢跳着舞，酥油反射白亮的灯影。灯芯爆出一朵花，像宣布一个消息。佛灯开的花，蒙古语叫"zhuo la"——卓拉，多好的词语。走到灯前，跟卓拉相见是幸运的事情，好像佛跟你笑了一下。灯花一爆，是你跟佛照的一张合影。

李虎的故事

洪巴图是我在图瓦国采风时的向导、朋友和冤家，他有琥珀色的眼睛、眉毛和坚硬的一字胡。琥珀色的眼睛有这样的效果——当对方直瞪着黄眼睛看你的时候，他分明已经把你看透了，而你根本搞不清黄眼睛里面在想什么。黑眼睛本来很深邃，但黑色——想一想吧——不跟黄皮肤搭调，跟白皮肤对比强烈，混浊显得奸诈，亮显得凶，淡让人觉得傻。黑眼睛在我们眼眶里叽里咕噜一辈子并不容易。我们表情上如果有什么不对劲，皆因眼黑，而琥珀色的眼睛已经把一切变得平静，像洪巴图这样。

我问洪巴图从蒙古国到俄联邦的图瓦自治共和国来干什么？他说，第一，图瓦人和我都是成吉思汗的子孙；第二，我来调查图瓦天空的星星。

洪巴图说的"第二"，我根本不往心里去，他随口说，是脱口秀。头几天，他对我说来图瓦是看一下公羊多还是母羊多。蒙古人、图瓦人、布里亚特人、楚瓦什人、埃温基（鄂温克）人都是北亚游牧民族，你不要问他们到这里干什么来了。这么问愚蠢，他们是游牧民族，他们自己也不知道到这里干什么来了。他们连什么时候来的都忘了，也不知什么时候走。生命一天一天挨过去，为什么要有目的？洪巴图对我说，他在乌兰乌德城里看到许多人登上一辆去远方的车，觉得他们是"傻子"。这些人在批发市场上了许多货，去别的地方卖。"傻子"，洪巴图说，生命不是用来做买卖的，也不是用来坐车的。他说，生命之正义是悠闲，反义才是功利。当然，洪巴图又对我补充一句，全世界最功利的人是汉地（中国）人，你们那么忙碌，你不觉得全世界的人都在嫉妒和嘲笑你们吗？你们为什么不觉醒呢？我如果说错了请不要生气，这不是我说的，是莫斯科出版的《生意人报》上说的。

不生气，我告诉洪巴图。三十年来，中国人吃的粮食里含有汉地科学家特制的化肥，对人体产生慢性的功效。第一种功效是停不下来劳碌，即使发生第三次世界大战也不会让中国人停下奔波的脚步；第二种功效是他们不太理会别人的讥讽、规劝和谩骂，听不出来。

真是好化肥，洪巴图说，汉地太发达了。

我们说话，坐着一辆驯鹿拉的车从克孜勒到阔腾。克孜勒是图瓦国的首都，人口有两万。阔腾在山里，这里的山是萨彦岭的余脉，长满古代留下的松树。采松子所换钱是图瓦国民的重要收入，会猫腰的人就会采松子。人们去松林里采松塔，剥出指甲那么大的黄松子，从入秋到初冬，每人可采一二百公斤，收入一到两千美元，政府收购。但大多数松子还留在树林里，图瓦人成心不把松子采尽，他们说这是动物的口粮，松子腐烂了是大地的营养。动物口粮和大地的营养属于神圣的东西，图瓦人认为不可冒犯。把大地的果实全都收走，图瓦人认为这是"伙勒嘎西"（盗贼）的行为。

去阔腾是为见一个歌手，他叫帖木尔。洪巴图说他会唱二十一首"Da qing"（大清，即清朝）的歌曲。清末，图瓦归清朝管，有衙门官吏和乐队，帖木尔的爷爷是乐队长。我带了一支录音笔，打算录下这些大清的歌，回国给满族朋友听，这是他们的祖音。

松树像父母一样俯视着我们，高高的树冠在风里微微颔首，伸张巨大的枝叶；松脂和腐烂的松针混合成印度式的香气，让人颓废。我坐在车上想起许多颓废的诗与歌，比如金伯格"我倾听焚烧钞票的声音"。比他更颓废的是加拿大阿尔·珀迪，这位安大略省出生的加拿大皇家空军的退役士兵的诗是（大意）：在母亲的子宫，哥哥比他先到并走了，给他腾地方。他在母亲的子宫里寻找哥哥来过的迹象。

写得酷，即使到2028年中国第二次承办奥运会之时，中国诗人也写不出这么尿的诗。

"呼——"，我看见一个花头巾似的东西从路旁的树上飞进草地里。李虎！洪巴图说。李虎是什么？我问，是鸟吗？是彩色的大蝙蝠？

最坏的东西，洪巴图说。他说话有时夹杂几句汉语，不知在哪儿学的，但都是反的。比如豆包，他叫包豆；牙齿叫吃牙。

怎么坏？

它，洪巴图说，比人还坏，骗你，不讲道德。

我说，动物用不着讲道德。

洪巴图用黄而迷茫的眼睛看我，你怎么啦？动物怎么能不讲道德吗？你看，驯鹿彬彬有礼，兔子彬彬有礼。李虎是坏蛋！

"呼——"，那东西，也可能是第二个那东西又从树上扑进草地。

还是它，李虎。它从草底下跑，爬到前面的树上跳下来，吸引你。

为什么要吸引我？

谁知道，一会儿你就知道了。洪巴图说。

驯鹿走着走着突然不走了，我闻到骚味。洪巴图说，李虎在前面的路上撒尿了，让咱们停下来。

我下车，见道中间坐一个动物，尖脸细嘴，双腿笔直，眼梢像京剧青衣的扮相一般挑向耳边。这不是狐狸吗？它咬人吗？我问。

对，虎李，我记成李虎了，这是汉语。它不咬人。

我们走过去，狐狸安之若素，如入定。它更像一只宠物狗，身上堆积金红色、白金色蓬松的毛。我们站在它身边看它，它坐着看远方，像回忆西皮流水反二簧的唱腔。

日本画家加山又造画过许多狐狸，我对洪巴图说，特漂亮。法国民间故事里的狐狸列那，聪明可爱。可是，李虎坐在这里干什么呀？

在听你说它好话，洪巴图说。

李虎点一下头，转身向左边树林跑去，回头看我一眼。

洪巴图指着狐狸说，它让你跟它走，但你要走在我后面。

洪巴图迈着俄联邦军人的步伐走在李虎后面，边走边说，你们，汉语叫葫芦。我纠正他，狐狸。洪巴图说，是的，狐狸，你们吃喜鹊，叼着喜鹊的翅膀冒充是喜鹊；你们，从窗户往屋里放屁，让我头疼三天，以为得了癌症。狐狸，你不让驯鹿往前走，让大清的歌声停止了，你要干什么？

洪巴图大声说，李虎小步在前面颠跑，绕了一个小漫圆。洪巴图抄直线走过去，"呜——"，他大喊。

我一看，洪巴图斜着躺进草里，右手紧紧抓着身旁的树枝。我进沼泽里了，坏蛋狐狸，把我骗到这里了。

我跑过去。

不，洪巴图大喊，你不要过来，咱俩全完了。

我住脚，沼泽。我在电视里看过人在沼泽越挣扎越陷入直至泥沼淹没鼻孔的镜头。你别紧张，洪巴图。一瞬间，我脑子里不道德地闪过我们集体向他遗体默哀的场景。

我在脱裤子，他说。洪巴图一手拽树枝，一手解裤子，泥沼已没他腰。他仰面，侧身滑入沼泽里面。脱掉衣裤，人身体下沉的重力会少多了，洪巴图还是有办法。

坏蛋，他咬着牙骂狐狸，我要活活咬死你，像你活活咬死山鸡那样，李虎坐在边上看他。说完，他仰面喘息。洪巴图说，他手里拽这根树枝太细了，不能使劲拽。他说，我要死了，要给我自己唱个歌——山啊，山一样生长的是红檀香木，连长哥哥噢。水啊，水一样丰满的是我的思念，连长哥哥呦。等着啊等着啊，你也不来……这是科尔沁民歌《洪连长哥哥》。

怎么办？我特自私地想到天黑了怎么办？我还在这守着他吗？

这时候，李虎跑过来，嘴里横着东西。它到我脚下松开嘴，哇，一根拇指粗的牛皮绳，很长，足有七八米长。洪巴图，绳子来了。

洪巴图的声音已经发颤，泥堆在心脏部位，肺的呼吸就减弱了。他说，把绳在树上绕一圈，你拽一头，另一头给我。

明白了，我把牛皮绳在松树上绕一圈，一头系在我腰上，另一头甩给他。我把所有衣服脱掉，像一条鱼一样自己爬到洪巴图身边。他松开树枝，拽那个绳子，我拽他的手。然而我拽不动他，像拽一块石头。但我真不愿意看一个人尽管是黄眼睛的人在我眼前死去，拼命拽。

这时，李虎在边上狂跳，用后腿刨土，往右跑，又回来。

找驯鹿，这是狐狸说的话。洪巴图低声说。

李虎让我去牵驯鹿，它太聪明了。

我把腰上的绳子在树上系个死扣，光着身子，像野人一样跑到驯鹿旁。驯鹿吓得直跳，它有可能是母鹿。我把驯鹿从车上卸下，牵到泥沼旁。

我把牛皮绳挽个套，套在洪巴图腋下，左手另一头系在我腰上。我骑上驯鹿，抱着它脖子，右手拍它肋部，说：介！介！

驯鹿奋蹄前进，我听到洪巴图号叫一声，回头看，他像一头肮脏的猪被拖回泥沼。他的号叫让驯鹿害怕，跑起来。洪巴图搂着绳子，喊：停下来！停下来！我的老二完了！我急忙下来，拦住驯鹿。去照看洪巴图。

不！洪巴图手捂老二，说快把驯鹿套在车上，不然它会跑掉。

我把驯鹿套好，回来，看洪巴图上身是泥，下身是泥，中间穿着我的裤衩，浸出血。

被灌木刮坏了，他指着裤衩说。不过比憋死好，以后也不会因为偷情而挨打了。

我扶着他往车边走，李虎跑过来，把嘴顶在我脚上，嘤嘤出声。你差点害死我，洪巴图说，不过它有事找你，你跟它走吧。

李虎扭头跑，回头看我。我和洪巴图一起随它走过去。

不远，李虎站在一个大坑边上。这个坑有一人深，最奇怪是这个坑直上直下，像个筒子。

陨石砸的坑，洪巴图说。他趴在坑边看了半天，说坑里草丛有狐狸崽。

噢，李虎是让我们过来救小狐狸崽。这么深的坑，李虎跳下去上不来。

我打算跳下去，洪巴图说别跳，会把狐狸崽踩死。他说本来不该救这个狐狸崽，大狐狸差点害死他，但狐狸叼来了绳子，就救吧。我问洪巴图，狐狸为什么会有绳子呢？洪巴图说，它偷的，藏起来了。他把牛皮绳系我腰上，我蹬着坑壁慢慢下去，把小狐狸举上来，又在地上摸了摸，没摸到陨石。之后，我被洪巴图拽上来。

我上来时，李虎领着小狐狸已经跑远了。我和洪巴图走到车边上，李虎领着小狐狸又出现了。小狐狸白色微黄，比猫略大，李虎把嘴顶在我鞋上，嘤嘤其鸣，眼边的毛上散落泪水。

穆热格间（跪拜呢），洪巴图说。

狐狸竟然在跪拜，它俩又在洪巴图鞋前跪拜。

佳、佳（行了，行了），洪巴图双手平伸，这是还礼。我也双手平伸，还礼。我们上车了，去找大清歌手。我从车篷往后看，见狐狸一大一小，一红一黄，坐在路上向我们行注目礼。

它为什么把你引进沼泽地呢？我问洪巴图。

我骂它了，它不高兴。他说。

佛经说，嘴是漏福的地方，说得没错。他又说。

水碗倒映整个天空

图瓦人布云的家里没有杯子，只有碗。他家人喝酒、喝茶用的是从巴基斯坦买的铜碗。布云说："玻璃杯是不好的，像人不穿衣服一样。酒和茶的样子被人们看到了，它们会羞愧。"

"谁们羞愧？"我问。

"酒、茶、水、汽水它们，不好意思呢。"

"那你用瓷杯子嘛？"我问。

"瓷杯子嘛，我在布尔津的饭馆里见过。酒在里面憋屈，那么小。你知道，酒不愿意待在小东西里，它喜欢大缸（他指了指西边，西屋的大钐刀边上放着布云酿的骆驼奶酒的酒坛子，他喜欢管它叫缸），还喜欢待在皮囊里，最小的地方也是酒瓶子里。"

我在布云的家里用巴基斯坦的扎哈拉（蒙古人支系）人制造的大铜碗喝奶和奶茶。一条小河从他家的窗户下流过去，河水泛青。我在新疆看过的河大多是青色的，如冻石一般，只有伊犁河黄浊，他们说用伊犁河水煮出来的羊肉最香。在喀纳斯——这里是图瓦人和哈萨克人的乡土——青碧的河水在戈壁石的河床流过，激发细碎的白浪花，像啤酒沫子一样。河水绕过松树，流入白桦林里面。落叶松像山坡上睁着眼睛张望的狍子。松树的阳面微红，像肉煮到五成熟那种鲜嫩的粉红色，而背阴的树干褐黑色。落叶松的脚下洒满去年的松针，冬天，这些松针被保管在干净的积雪里。雪化后，松针一片金黄。落叶松落下这么高贵的松针，真有点可惜。如今松树枝头长出新叶子，像肉色的小松塔或小花蕾。山坡上，松树错落排列，似僧侣下山散步，走进布云的家喝茶。

布云听说我去过俄罗斯联邦的图瓦自治共和国，喜欢听我讲这个国家的一切，特别是总统的事情。我说："他们的总统四十多岁，笑眯眯的，背着手逛商店，或者坐在广场长椅上晒太阳。"

布云听得眼睛亮晶晶的，他把嘴角上拉，说："是这样子吗？总统笑眯眯的？"

我说："正是，总统右手无名指戴了一枚琥珀的银戒指，左手食指戴一枚西藏松石的银戒指。"

布云摸自己的左手和右手，说："我也要有那样的戒指，人人都可以有银戒指。"

"我的故事讲完了，该你吹楚尔了。"我说。

布云从墙上摘下用芦苇做的笛子——他们叫楚尔，用嘴角轻轻吹。旋律轻柔而忧伤，仿佛在叙说湖水、雾和白桦林的样子。我觉得梅花鹿如果会吹笛子，吹的就是楚尔，它的音色表达的正是动物的心情。松鼠看见露珠从松针垂直坠落，羊羔在河边看见一条小鱼卡在水底的石缝里，猫头鹰看见月牙坐在松树的枝杈上，后背让露水打湿了。布云的楚尔正在表达这些境状，简单，说幼稚亦无不可。布云本人就很简单幼稚，愿长生天保佑他越来越简单，越来越幼稚。在这里，奸诈没有一点用处。

　　我拿铜碗，舀一碗泉水喝（泉水是布云从山腰取回，放在维吾尔人的大铜壶里，他认为水和铜相互喜欢）。我走到房门外边，见绊着马绊的马两个前蹄一起往前蹦，找新草吃。黄色的山羊群急急忙忙跑过来，白云像围脖一样遮住山的胸口却露出山峰的脸。我低头喝水，看碗里竟然有玫红的霞光和刺眼的蓝天。碗装下了这么多东西，真是比杯子好多啦。

谁是我们前世的父母

我们坐在帐篷前面喝茶。

帐篷由白桦木当支柱，里面有一张军绿色的俄制行军铁床，床下放着叠好的土布袋子，这是阿乎为收松子准备的。帐篷右边十多步远是石壁。下面堆石台，摆佛像，供着酥油灯。离佛像不远有三个大石头搭的临时锅灶，大铁壶里的水一直沸着，石头烧黑了。

早上，我从克孜勒赶过来，到巴彦岱山后面的蒙古栎树林拍野鹿的照片。鹿群远在几公里外的山麓下面，等我赶过去，它们却回到蒙古栎树林。没拍到鹿，我拍了几张野花的照片，它们听话。回来的路上，我的脚板累极了，发烫，像踩在烙铁上。我感到口渴，小溪哗啦啦流过树林，但我想喝热茶，我要忍着口渴回克孜勒宾馆用电热杯烧开水泡绿茶喝。

"吾欲仁，斯仁近矣"，孔子的话像在描述我的处境。我从山坡下来见到了帐篷，一个人正蹲着往冒蒸汽的大铁壶下面添松木劈柴，他是阿乎。阿乎身穿像渔网般布满大小窟窿的白背心，腰上系着紫毛衣和灰色夹克衫。没等我开口，他就说："喝茶，来喝茶。"

阿乎抓一把红茶放入小铜壶，冲进开水。兑入一碗奶（他说鹿奶），再用盛饭的大木勺舀一勺蜂蜜放进铜壶。搅了搅，把茶倒进两个桦木碗里，递我一碗。

这茶真是好喝，我忍不住看碗里的茶，喝进肚子就看不到了。它像葡萄酒一样紫红，有金边。

一碗很快就喝干了，阿乎端铜壶到锅灶边上拿大铁壶往里加水。铁壶的水一直沸着，这才叫喝茶。阿乎继续往铜壶里加奶和蜜，然后给我斟茶。他猫腰在地上看了看，放下茶壶。

山里没椅子，我们俩站着喝茶，阿乎把木碗端到嘴边，喝一口，眼睛看着我笑。

"你不问我从哪里来吗？"我问他。我跟他第一次见面，刚刚知道他叫阿乎，到这里来收松子的牧羊人。

"不用问。"

哦，我们跟陌生人见面总要问你是谁，从哪里来，到这里干什么。就像我刚刚问完他。阿乎却说不用问。

我们又喝干了一壶，他添水加奶，在地面看看，放下茶壶。地面的岩石上长着黑色的苔藓。石头的缝隙里刮入了早早脱落的黄色草子，几只蚂蚁在白色的石头花纹上爬。

"松子什么时间成熟？"

阿乎把松树林从左到右看了一遍，说："快了，再过半个月。"

"你这么早上山来干什么?"

"玩嘛。"阿乎说"给松鼠喂点玉米,帮鸟儿修修窝,在山上睡觉。"

阿乎红脸膛,笔直的鼻子像带着这张脸向前冲,如船头劈开海洋一样。他的细眼睛眯着,眼角与上扬的嘴角遥遥呼应。

"喝茶"他回头看大铁壶"我自己也能喝一大壶的,不过要三个小时。"

"我来这里给鹿拍照。"

"是鹿让你来的吗?"他问。

"不是,我是中国的蒙古人,到这里玩。打算拍一点野鹿的照片给朋友看。但是没拍到。"

阿乎没说话,我觉得我还是没说明白。"我在蒙古栎树林等鹿,它们在远远的山麓。我好容易去了山麓……"

"它们又到蒙古栎树林了"阿乎说。

"是的,鹿太远,我拍不到它们。"

阿乎说:"它们闻到你的气味了,不喜欢你。"

"我怎么了?"

"你按着你的样子生活,鹿按着鹿的样子生活,你们的味道不一样。"他说。

我们已经喝干了四壶茶,小圆木桶里的蜂蜜只剩下半桶。阿乎倒上茶,吹吹地面,放上茶壶。我们开始蹲着喝茶,站着太累。我喝出了一身汗,脱掉冲锋衣,又脱掉了羊毛衫。我在茶里又喝出果香,我告诉了阿乎。

"野蜂蜜"他说。

"还有花香"我说。

他说："果香啊，花香啊，就是野蜂采的，它们知道哪儿的花朵和果实好。"

我直截了当对阿乎说："我想拍鹿，你能帮到我吗？"

"怎么帮？"

我挠挠头，怎么说呢："让鹿离我近一点，行吗？"

"喝完这壶茶鹿就来了。"

我们喝干这壶茶，我说："不喝了，喝好了。"

阿乎从裤兜里掏出一只木哨。放嘴里吹，发出类似音乐的哨音，两个音符一高一低交织。吹完哨，他又添开水，加奶加蜜，拿一把草扫扫石头，放铜壶。

我不能再喝了，肚子里已有两只母鹿的奶和一千只野蜂酿的蜜，我问阿乎："鹿呢？"

"正往这边走呢。"

阿乎在蒙古语里是一个奇怪的名字，内蒙古没人取这样的名字。阿乎，意思是"可以了，刚刚好，还行"。他怎么能叫这样的名字呢？

阿乎吹碗里的茶，让它凉一点喝进去。他说："我家的小白狗比香油还香。"

比香油还香？

看我没听懂，他又说："比香皂还香。"

"你的狗比香皂还香？"

"对。"

"为什么会这样呢?"我问。

"不知道它怎么弄的。它老往庙里面跑。"

我问他:"你刚才说不用问是怎么回事?"

阿乎告诉我:"我已经知道你,就不用再问你。"

"知道我什么?"

"你是喝茶的人呀,你的过去和未来和这个有什么关系?不用问。"

还是没听懂。"为什么?"

他把桦木碗放在手心,摊开说:"你觉得你是你,其实你前世、前世的前世是别的样子,有好多样子,记不住。为什么要记住这一辈子的事呢?它短的像风一样,夫——"他吹碗里的茶梗。

"噢!"我假装听懂了。

"鹿来了……"

我回头看,山石后面探出许多柴禾似的鹿角。我站起来,拿出相机,这群鹿低下头,鹿角对着我。我"啪啪"照。一只鹿腾空跳起来,如飞跃一个大坑,地面并没有坑。其他鹿模仿它,纷纷跨越头鹿想象中的大坑。我手忙脚乱拍照,只拍到最后一只鹿飞跃的姿态,这也不错了。

我很满意,该下山了,说:"谢谢你的茶,阿乎,我回克孜勒了。"

"祝你好运,喝茶的人。"他举起木碗,像干杯的样子。

路上洒满落叶松的针叶，松树毫无吝惜脱下它的金黄色大氅。松针比火柴棍还细，有规则又无规则地铺在地面。一只红鸟在树林的低处飞行，叫声如"微——余"，它说的难道是"喂鱼"吗？我想起阿乎一个奇怪的动作——他放下铜壶时，在地上查看，他看到了什么？我耐不住好奇心，回去问他。

阿乎看我回来没奇怪，还在笑着。

我问："阿乎，有一件事我问一下，你放铜壶的时候，在地上看什么？"

"噢，"他拿起铜壶，指着壶底说，"这里有一个沿啊。不看的话，蚂蚁可能扣到壶底了，蚂蚁跑不出来了，多热啊。"

为蚂蚁。我拉拉阿乎的手。

他说："谁知道哪只蚂蚁是不是我前世的父母呢？今天天气好，他们也许来看我呢。"

听了这话，我转身走了。我的眼泪已落下，不愿让他看到。

土离我们还有多远

花日村在大雁山的后边。"花日"就是花，蒙古语"花"的音译。这个词也是对汉语的借用。蒙古语中，"花日"是花，"讷日"是名字，"觉日"是画，"怒日"是脸蛋子，"夏日"是黄，"穆日"是脚印，"海日"是珍惜，都好记。

为什么叫花日村？我问吉雅泰。

花日是外号，这个村的人爱种花，实际上叫大雁村民组。吉雅泰回答。

花儿——大雁，这些名字都好听，纯朴而遥远，以后人们会离它们越来越远。沈阳航空博物馆附近有一家"大雁肉烧烤店"，我看了——心情怎么说呢——无论人类遭受到怎样的旱涝灾害，都不必去怜悯，他们曾经对动物这么无情。

我们走上大雁山顶往下看，花日村没什么花，每家门口有三四棵柳树。房子没铺瓦，屋顶的泥巴被太阳晒褪色了，燥白。土埋在地里原本都是新鲜的黄色，土也氧化。进村，见每家窗下摆四五个木制箱子。不是蜂箱，是花箱。

冬天卖橘子的木制包装箱，里边垫一层塑料布，盛土栽花。

这些土可了不起。吉雅泰说，草原没有土，是图卜勋老汉套驴车从外地拉来的土。

草原没有土吗？这真是个奇怪的说法。广阔的草原怎么会没有土呢？草原难道是塑料的吗？然而，草原真的非常缺土，或者说绿浪翻滚的草原只有薄薄一层表皮的土。这层土珍贵呀，它是无数青草用根须编结的半尺厚的土毡，是草原的衣裳，下面的流沙无止无休。鄂尔多斯草原水草丰美，它也是央企主力煤田的所在地。《半月谈》杂志 2010 年第 10 期报道："那里有上湾、榆家梁等千万吨级的矿井，高管每年拿几十万元的工资。采矿的结果造成地表塌陷，植被枯死，水源渗漏，土地不长草。"没土了，怎么长草？煤矿开采区的牧民背井离乡，生活穷困。煤采完，草原失去黄金般的土，将变成永远不适合人类和动物生存的无人区。

蒙古人珍惜草原，包括珍惜这一层薄薄的土，它是草原有血有土的皮肤。剥掉这层皮，草原就死了。祖祖辈辈鲜花盛开的故土，死在了 GDP（国内生产总值）上。GDP（国内生产总值）变成了剥皮抽筋的代名词。野花在草原盛开，野花只用它自己脚下的一盅土。它怀抱自己的土，死后又用枯萎的枝叶填充自己用过的土。除了土，野花一生什么也没有，它们知道报答。

牧民们不挖草原的土栽花。草原的花儿比海洋的浪花还多，还需要在自己家里栽花吗？要想栽，自己去弄土吧。就像花日村每家门前摆的木箱子，土像在河床里那样细腻，挤在木箱里，举着娇艳孤独的花朵，如礼物。

图卜勋的家住在村子最东边，比别的家低矮。屋顶西北角已经露天了，还没用泥抹上。门口大鹅叫着，老人猫腰从门口走出。他身高一米八多，开口笑，两撇灰胡子从上唇垂下来。

看花来了，吉雅泰说。

嗨，都是乡下的花。图卜勋双手在裤线上蹭。他的花木箱放在窗台上。一箱秋海棠，个头矮小，紫红的花瓣像蜡做的；一箱三色堇，也叫猫脸花，每朵花上有蓝、黄、白三种颜色。还有一种花的茎像注满了水，躺在土上不起来。它的叶子如小香蕉，肉乎乎的。

这是什么花？我问。

太阳花嘛。今天阴天，它不开了。老汉说，它的脾气很怪，太阳出来才开花，红的、黄的小花。

老汉指那箱高棵的花，这是指甲花。春天的时候，苗是红梗就开红花，白梗开白花，它们不骗人。

老汉笑起来，皱纹遮住了眸子。他说，指甲花也有脾气啊。花儿谢了，胳支窝长出一个小口袋，不能碰，一碰就像弹弓那样，把种子射出去了。

这是好事啊，吉雅泰说，自动播种机。

这个事都是瑙浩做的，老人说。

瑙浩在蒙古语是"狗"的意思。我说，狗聪明。

不是。老汉喊：瑙浩，瑙浩——

跑过来一只白爪白嘴的小黑猫。

老汉说，它名字叫瑙浩。秋天了，它上窗台专门碰指甲花那个小口袋，然后去抓蹦出来的种子。

黑猫舔舔白爪，像说"是这么回事"。

养花的土是你用车拉来的吗？我问。

是，我干不动活了，套驴车拉点土，送给各家种花，也有种柿子的。老汉回答。

咋不上草原取土？我问。

那不行，咱们从来不挖土，土下面就是沙子。你看那些出夏营地的牧人，他们套牛车走，在这个地方支蒙古包住两个月。回家了，把木头楔子拔出来，土踩实。你在草地上钉一个楔子，拔下来不踩好，这块土就破了，像伤口一样，不长草，沙子从下面冒出来。嗨，土就像肉一样，咱们不破坏它。

什么人破坏土？

唉，老汉叹气，伸胳膊指门外，外边来的人都破坏土。他们不心疼土，开矿呀、种西瓜、种药材，第二年再换地方。种过地的土全都沙化了。开矿更完了，河都完了。

你拉的土是从哪儿破坏来的？吉雅泰开玩笑问他。

我的土不是破坏。老汉挺直腰板说。春天，西拉沐沦河的冰化了，发大水。水退了，岸边留一尺厚的淤泥，我套车把泥拉回来。挖泥也不要在一个地方挖，第二年发水，让挖过的地方淤平。

离这儿远吗？

远，吉雅泰说，西拉沐沦河离这儿五十多里路呢。图卜勋老汉带着干粮，车上拉着瑙浩，还有咪咪——咪咪是他家狗的名字，到那里拉土，一回拉五六个木箱的土。

图卜勋笑，他的脸、脖子和胸膛都是红铜色。他举起四根手指，一回拉四箱土，一箱十斤吧。

名叫咪咪的细腰黄狗跑来，坐地下看老汉伸出的手指。

老汉的儿子和女儿都在日本留学，吉雅泰介绍。

老汉笑着伸出三根手指，孩子在日本工作三年了。他说，看看我的驴车吧。

绕到房后，我大吃一惊，驴车上扣一个驾驶楼。铁皮钻眼，穿牛皮绳子系在驴车驾杆上，驾驶人坐铁皮楼子前面。

现代化，老汉说。

小毛驴拴在车边上，低头吃帆布袋子里掺黑豆的干草。图卜勋套毛驴，咪咪和瑙浩迅捷地钻进驾驶楼，坐在人造革长椅上，从风挡玻璃里严肃地向外看。

你们坐上吧，绕村子转一圈，老汉邀请。

不坐啦，我们谢辞。

毛驴抬头，仿佛闻空气有什么味道。南风捎过来草的气味，我想起西班牙诗人希梅内斯写给小灰毛驴普拉特罗的诗："这路边的花多美呀。许多牛啊、羊啊，还有人，从这些美丽的花旁走过。而花呢，仍旧立在路旁。花的一生就是春天的一生。然而普拉特罗，如果我们让这些花在秋天也为我们开放，用什么办法让它们永远鲜艳呢？"（赵振江译）

我见过爱钱财、爱肴馔以及爱珠宝的人。我也见过爱土地的人，但他们仍然把土地当作母鸡生农作物的蛋。图卜勋老人是我见到的最爱泥土的人，仅仅是土，就让他欢喜不尽。村里像蜂箱一样栽着鲜花的土，是他赶车从河边拉来的。而草原上的土，在他眼里是一片不能触碰的血肉。

我有些走神了——我所想的是——以后我们的国土会不会没有土了，被风刮跑或被河流冲入海里。土，这个最土气的词将会像矿产资源一样成为珍稀品，应了那个词——"稀土"。春天里，北京、石家庄、沈阳的人为沙尘天气所刮来的土而责怨。细密的土落在人的衣服和车上，让人烦。然而，它们仍然是珍贵的土。以后土搬家了，甚至沉入黄海，永不返回陆地。再往后，刮在人脸上和车上的全都是沙子，想见土已经见不到。这不是妄言，沙漠的风里，没有一点点土。

中国人如果为了工业化而丧失蓝天，丧失鱼儿游弋的河流，最后连土都不复拥有，后代会说他们并不需要工业化，他们想有一片有土的国土。成吉思汗陵所在的伊金霍洛旗乌兰木伦镇的一百〇八个自然村已经有四十九个丧失了土，地因为采煤抽水而塌陷，这些村子消失了。

图卜勋把两箱花装到车上，说送给村西的白喇嘛。驾驶楼里的猫狗把爪子搭在木箱上，花朵在它们鼻子前面摆动，使它们像在嗅花的香气。图卜勋步行，在离毛驴一米之远的地方挥着鞭子。鞭子系一根细细的鞋带，上面拴着碎布条，打上去，驴也不会觉出疼。

流水似的走马

　　草原上像房子那么厚的晨雾被旭日阳光晒薄之后，露出了马群，这是在夏营盘的草地上过夜的马。大片的马在山坡上伫立不动，等待白雾如冰块一样融化，露出马尖尖的双耳，宽大的脖颈和平直的、皮毛闪亮的腰背，它们仿佛是云端的神兽。当大片的雾干干净净地撤走之后，山坡上的群马沐浴着太阳洒向大地上的、属于马的阳光。天空下面是和天空一样辽阔的草原，山冈因为穿上草的编织衣而显出线条柔和的。河流像在水面上扯了一面蓝旗，波浪哆哆嗦嗦。更远处，蒙古黄榆像信使一样孤独行走。在这样的天地里，你觉得马是天地的主人，甚至比人更像这里的主人。

　　假如站在山坡上，你看到白云不动，山峰不动，河流似乎也没流动。马群动了，马群从草原飞驰而过，大地震动。这时候把狂飙、铁蹄、洪水或践踏这些词汇用到飞奔的马群身上都合适。我不知它们为什么而跑，它们生来就需要跑。马从来没用过人的思维考虑从这里到那里，它们只知道自由。马群掠过，仿佛掠过一层叠着另一层的城墙，这些飞驰的城墙鬃发飘扬。马蹄抬起落下，泥土飞溅。棕色、红色、黑色的城墙飞驰而去，剩下的草地空寂，天空因为过于湛蓝而下坠。马的汗味被风吹远了，吹到秋天的宽敞并肥胖的河面上。

草原上，牧民的房子显得孤零零的。如果房后的天空堆积着层层叠叠的云朵，房子就更加孤单。幸好，牧民的房前立着拴马桩，一匹或两匹马被拴在上面。马低着头，尾巴稍扫来扫去。这样的场景比房顶的炊烟更显出生机。路过的人们看到拴马桩边的马就知道房子里的主人已经煮好奶茶和羊肉，他们不会拒绝与任何一个陌生人分享食物和茶。你只要说一说你家乡那边的雨水和草的情况。马在拴马桩边上安静地伫立，双耳如同谛听，像音乐家那样。音乐家谛听之时，表情在远方，马也是这样。

可是，海日苏台的外亚沁（驯马师）奔布说，草原上到处是铁丝围栏，马没地方跑了，往哪儿跑？奔布看窗外，窗外的草原已经禁牧多年，各家各户的草场都用围栏封着，偌大的草原竟然没有马的立足之地。况且，现在牧民骑摩托车放牧，大部分人不骑马了。广阔的草原没有马群奔驰，没有牛群和羊群的踩踏，草场退化了，草类品种急剧减少。

奔布是一位驯马师。蒙古语所说的"外亚沁"直译是拴（马）者，即把马调教成为走马的驯马师，外亚沁在牧区倍受尊敬。在牧区匠人里面，驯马师面对的不是房子、木材或皮革，而是有灵性的马。驯马师把人类的灵性灌注到马的步法里，他们比别人更爱马并懂马。在蒙古国，驯马师有自己的节日，这也是国家的节日。庆典开始时，拴马桩上拴一排马，升国旗。通常，蒙古国大呼拉尔（议会）主席担任全国拴马联盟主席。说起马，奔布的眼睛里带着欣喜与赞叹，他的情感世界里仿佛只有马。奔布说，母马会在12月生下马驹，马驹生出来就会站立，它摇摇晃晃地站着，过个五六分钟就开始行走。小马驹吃母马的奶要吃一年，一年后，小马被儿马（公种马）从母马身边踢开，从此独立生活。奔布说着话会停下来，好像等待马群从他脑海里跑过。他领我们到房后的马厩里，两匹高大俊美的马被拴在杨树上。奔布花六万元钱买的这匹带亚麻色鬃毛的枣红马专事比赛。枣红马的眼睛看上去真是明亮，像两大块水晶一般洁净无尘。它用温柔的眼神看着我们，仿佛听到了奔布在屋里赞美它的话——它在乡和旗里得过两场比赛的第一名。它轻轻地抬起蹄子，放下，简直如行礼一般。另一匹黑马不安挪动，躲闪着陌生人。奔布说，易受惊吓的马都是可以驯成走马的好马。他说，马分跑马、走马、颠马。从两岁开始，驯马师就能看出它的前途（奔布对马使用"前途"这个词很赞）。

好马骨骼细，耳朵尖，鬃少，尾巴短，蹄子小，身上结实。好走马是驯出来的。驯马师会在草原深处找到一个特别安静的地方驯走马。他们把驯马当成一项至尊的事业来完成。喂多少料，喂多少水，每个驯马师心里都有自己的神秘规划。马吃了春天的草，长水膘，有肉没有劲；吃了秋天的草，身上才长油膘。驯马师眼里不光有马，还有草。他们会识别几十种甚至上百种草。如同一个药师，他们知道哪种草对马的膂力好、皮毛好、筋好、蹄子好。驯马师简直把自己的心都交给了马，人和马的世界完全融合了。驯马师说，给走马饮的水不能太热，也不能凉。所谓凉热，都由驯马师的感受来确定，他的温度感就是它的温度感，难分彼此。蒙古语把走马叫作"交绕"，那是走（而不是奔跑）得稳稳的、骑者手里端一碗清水也不会洒出来的坐骑。交绕走起来左右侧的前后肢一顺撇，如火车的车轮。走马虽然在走，但它的速度并不慢，但平稳，一天走上一百公里到一百五十公里不算事儿。走马走过来，蒙古人觉得这就是艺术品走过来了。走马的四个蹄子轻巧翻盏，充满力量的脖颈微微前倾。它行走的节奏与在皮下窜动的肌肉群交织成舞蹈式的画面。走马知道自己是"交绕"，这足以让它一生骄傲，头颅如公鸡一般高高昂起。它知道它的步伐是有节制的艺术表演，不能出错，更不能由着自己性子来。走马之优胜不光身态稳健，还在它具备强大的耐力。蒙古人尤为赞赏走马稳定的心性，或者说忍受力。马的天性并非按走马的节奏走，这是驯马师的意志，以至变成了它的技能。它每一步都按着走马的节奏走，心里不能起急而跑上几步，如此走上一生。这些路数，类似于人类禅修中的"戒"。禅修者常说"以戒为师"，他们认为没有戒就没有自由，如说走马。"交绕"这个词在蒙古语的语气里包含着称赞，是人对动物的称赞。最好的走马，蒙古语谓之"交绕乃交绕"，直译为"走马（中）的走马"，这是至高的赞赏。已故的伟大的内蒙古民歌手哈扎布唱过的那首《交绕乃交绕》，蒙古人家喻户晓。他们在说"交绕乃交绕"时，眼神纷纷带出景仰。人虽然是人，也可以景仰马，马身上有着人类远不能及的某些能力与品格。走马在速度和稳定之间的平衡力，绝不放纵的治心能力，比大多数人类强多了，它们只是不说人言人语也不写散文，它们也不需要说这种歧义百出的语言来混生活。哈扎布另一首民歌唱道："小黄马啊，哎依咿耶，哎啊，小黄马咿耶，你那巧妙的步伐，啊嘿啊咿耶，让人陶醉，啊咿耶。年轻的姑娘啊，哎咿耶，哎啊，年轻的姑娘咿耶，你那倔强的性格，啊嘿啊咿耶，让人啊哈嘿咿耶心碎，啊咿耶。"这是人类唱的歌，啊哈嘿咿耶。交绕没唱过歌，所谓"车辚辚，马萧萧"在说马的嘶鸣。马倌说，马嘶乃是呼唤同伴，此马呼而彼马应。打响鼻，是马跟人打招呼。马倌的坐骑大多是一匹好走马。下大雪，人找不到路了，马知道路。夏季，马倌在牧场上睡一觉，醒来找不到马群了，他的坐骑带着他找到马群。马和骑手知道彼此的汗味。骑手说，马知道人的心事，会分担人的悲戚忧伤。你难过的时候，马走得很轻很轻，好像不敢踩到一棵草。你高兴的时候，马也会走得兴高采烈。有这样一匹马，人就知足了。

牧民管走花步的走马叫"乌仁交绕"，天赋高的走马叫"乌日嘎交绕"，步幅大、步频慢的走马叫"童门交绕"（骆驼走马）。他们管最好的走马叫"沃日宋木交绕"——流水似的走马，它的蹄子像河面上细碎的波浪，它皮毛反射的阳光像河面回映的光斑。骑在这样的走马上，就像坐在飞毯上，不管地面是否坎坷，好走马走的像在云彩里。

可是，马能活多大年龄呢？驯马师说，马能活上二十多年，白马寿命最长，能活上三十年。马也有出头之日，在赛马比赛中获得第一名的马有可能被封为"达日罕"。"达日罕"在蒙古语里有"上端的、不可触碰的、被禁止的、神圣的"等含义。被封了"达日罕"的马（也有牛或狗）终生不被使役，死后主人会把它的遗体抬到山顶上，头朝着太阳升起的方向，脖子上系着五彩的绸子（在牧区，五彩绸子是佛爷的衣服，装束神圣），至此，马享受到无上的荣光。

然而，这只是传说，是牧民们期盼望的马的归宿。事实上，马是怎么死的呢？在牧区，我看到装载牛羊的大货车从公路上开过，心里常常很悲哀。大货车的铁笼子分成层，里面像装货一样塞满羊，远看像拉着满满的羊毛。羊被拉着离开了它们的故乡，或者说离开了它们活过的地方，它们被拉到屠宰厂，变成羊肉。"屠宰"这两个字，看上去就让人心惊肉跳。如果不是这样呢？草原上到处是羊和牛，是吗？然而，马跟羊不一样，没有人吃马肉，何况马跟人的感情这么深，马的归宿是到底是怎样的呢？

驯马师、马倌和牧民们不愿意听到我提这个问题，他们回避这个提问，或者干脆拉下脸，很不高兴。这是怎么回事？我听说马是有人养老的。驯马师奔布脸转向窗外，我从玻璃上看出他脸上有泪痕的反光。作为哺乳动物的马，老了之后跟人老了一样，生出很多退行性疾病，谁去照顾它们？马老到牙齿脱落的程度，吃不动草，也吃不动料了，喂它们什么？能眼看着它们活活饿死吗？后来怎么办了？他们起身走出屋子，屋里只剩下我一个人。

那天晚上，镇干部嘎拉僧悄悄告诉我："马老了之后，卖给外地人了，外地人开车来收马。"我问："外地人收马干什么？"他们收购不能赛跑也不能拉车的老马做什么？嘎拉僧像没听到回答我这个提问，不予回答。后来我想明白了，外地人把老马拉到屠宰厂变成马肉了，又叫商品。这么一想，我感到很气恼，这些赞美马的歌曲和赞词竟这么虚伪，马也没摆脱跟牛羊一样的命运。有一天我放下了这个恼人的心事——如果不是这样，又能怎样呢？尽管马倌们说起这个事心情很沉重，但负担马的养老任务，对他们来说更沉重，难道不是这样吗？马，聪明的通人性的马啊，原谅他们吧，包括原谅他们唱过赞美马的歌，那是老祖宗留下的民歌，他们不过是为吃上一口饭而奔波的牧民。

可 爱 的 人

雪地贺卡

今年沈阳的雪下得大，埋没膝盖，到处有胖乎乎的雪人。

下班时，路过院里的雪人，我发现一个奇怪的迹象：雪人的颏下似有一张纸片。我这人好奇心重，仔细看，像是贺卡，插在雪人怀里。

抽出来，果然是贺卡，画面是一个满脸雀斑的男孩，穿着成人的牛仔装，在抹鼻涕。里面有字，歪歪扭扭，是小孩写的。雪人：

你又白又胖，橘子皮嘴唇真好看。你一定不怕冷，半夜里自己害怕吗？饿了就吃雪吧。咱俩做个好朋友！

祝愿：新年快乐　心想事成！

沈阳岐山三校二年四班　李小屹

我寄出也接受过一些贺卡，这张却让人心动。我有点嫉妒雪人，能收到李小屹这么诚挚的关爱。

我把贺卡放回雪人的襟怀，只露一点小角。回到家，放不下这件事，给李小屹写了一张贺卡，以雪人的名义。我不知这样做对不对，希望不致伤害孩子的感情。

李小屹：

真高兴得到你的贺卡，在无数个冬天里面，从来都没人送给我贺卡。你是我的好朋友！

祝愿：获得双百　永远快乐！

岐山中路10号三单元门前　雪人

我寄了出去，几天里，我时不时看一眼雪人，李小屹是否会来？认识一下也很好。第三天，我看见雪人肩膀又插上了一张贺卡，忙抽出来读。

雪人：

我收到你的贺卡，高兴得跳了起来，咱们不是已经实现神话了吗？但我的同学说这是假的。是假的吗？我爸说这是大人写的。我也觉得你不会写贺卡，大人是谁？十万火急！告诉我！（15个惊叹号）你如果不方便，也可通知我同学。王洋，电话621XX10；张弩电话　684XX77。

祝愿：万事如意　心想事成！

李小屹

我把贺卡放回去，生出别样心情。李小屹是个相信神话的孩子，多么幸福，我也有过这样的年月。在这场游戏中，我应该小心而且罢手了，尽管李小屹焦急地期待回音。

就在昨天，星期日的下午，雪人前站着一个女孩，背对着我家的窗。她装束臃肿，胳膊都放不下来了，这必是李小屹。她痴痴地站在雪人边上，不时捧雪拍在它身上。雪人橘子皮嘴唇依然鲜艳。

　　我不忍心让李小屹就这么盼望着，像骗了她。但我更不忍心破坏她的梦。不妨让她惊讶着，甚至长成大人后跟自己的男友讲这件贺卡的奇遇。

　　一个带有秘密的童年是多么幸福。

张娜莎和李丽达

秋天的额尔古纳河透出青绿的琉璃色，波浪同时拍打着中国和俄罗斯的土地。两岸长着一模一样的草木，天上的云彩不分国界地飘荡。坐船游河，见到俄罗斯岸边有一个舞台，十几位俄罗斯姑娘正跳热舞，但没观众，台前是滚滚的河水。观众在哪儿呢？在中国这边。此岸有更大的舞台，矗立巨幅 LED 屏幕，中国游客从屏幕上欣赏河对岸俄罗斯姑娘的"红莓花儿开"，演员和观众不办签证就完成了两国民间艺术交流。如果你愿意，看大屏幕的同时也可以远眺对岸的姑娘，但她们身影显得太小，而且孤单。这样的演出是中国人的主意，对岸的舞台也是中国人搭的。中国人不仅聪明，而且会逗乐。

恩和民族乡弥漫着俄罗斯风情，街上有原木搭建的列巴（俄罗斯面包）房，尖顶阁楼的旅馆，这里是边境线。我们在村里见到两位华俄后裔，她们六十多岁，身份证名字叫张娜莎和李丽达，她俩是好朋友，常在一起唱歌和用扑克牌算命。应我们请求，她俩合唱了一首俄罗斯民歌，歌词大意是："有一个小伙子，戴着遮阳帽，从远处来到我们这个地方。他身上散发着汗味，皮鞋的鞋带没有系上。我们唱歌跳舞玩到第二天早晨，他走了，早已把我遗忘。可我想念他没系好的鞋带和戴遮阳帽的模样。"老姐妹俩唱起歌，唱到第二小节，脸上浮现恋爱才有的表情，好像干涸的池塘里注满了荡漾的水。这么快？我咋不能呢？她们的歌声里有甜蜜也有忧愁，我不禁忿忿然。俄罗斯小伙子你知道吗？姑娘都老了，还在为你的遮阳帽和鞋带歌唱呢，以后你把鞋带系上好不好？歌声止，张娜莎和李丽达回到现实也就是衰老中，用略带山东腔的汉语说："唱得不好。"我真不希望她们的表情从恋爱中回到现实，唱歌的时候她们美，眼里有着恋人的目光，可以抚平一切皱纹。一旦说出"唱得不好"，一切都结束了。

我说："张大姐、李大姐，你们的歌声打动了我。没人用歌声想念钱，但人人都愿意歌唱爱情。我遗憾见到你们之前没买一顶遮阳帽，也没把皮鞋的鞋带散开。"

张娜莎和李丽达仰面大笑，她们用拳头捶我肩膀，李丽达踮起脚尖亲吻了我的面颊，我向她俩一一回赠了亲吻，也在面颊。她们领取国有农场的退休金，平时采野生蓝莓熬酱，吃自己烤的面包，唱唱歌，用扑克牌算一算那个戴遮阳帽的兔崽子还能不能回来。

小卖部的手风琴声

库伦沟林场的场部在一个小镇上，十几户人家，也许叫小村更合适。房屋的红瓦被露水浸过，一片鲜洁，好像洗干净的红砚台，等人用毛笔去试墨。各家的木板栅栏被雨水浇得黝黑，上面环绕嫩绿的牵牛花枝蔓，点缀蓝色和粉色的花朵。你看久了，发现栅栏里有一条狗正以疑惑的眼神看你，并使劲嗅你带来的外来者的气味。

我去买牙膏，现在是早上五点钟，不知小卖店开门否。走过去，水泥路两边用石头砌的排水沟长满野草，而没有常见的垃圾。飞鸟从头顶飞过去，变成黑点。在阿荣旗的早上，眼前常常出现这样鸟的黑点。也有小鸟迎面飞过来，由高向低，同伴说我们处于气流的下坡。这时传来断断续续的手风琴声，总是拉开头两句就停，这不是哪一家放音乐，而是有人拉琴。

琴拉的是乌克兰歌曲《德涅伯尔》，开头两句像这首曲子。可是，在呼伦贝尔草原阿荣旗的林场，有人用手风琴拉乌克兰歌

128

曲？我生活在所谓大城市，也未曾在街上听到从窗口飘出的琴声，原来有过小孩练习钢琴声，现在没了。夏日窗口飘出的只有打麻将的码牌声。我从一片被小葱和小白菜间隔开的土路走过去，进入小卖店，琴声忽然响起来，一个老汉像母鸡展翅那样对着我拉手风琴，他红脸膛，坐在一只用水果箱子改制的简易椅子上。"花城百花开，花开哎朋友来……"他边拉边唱，欢迎我。等他拉完四小节，我低声、卖弄地对他说：作曲秦咏诚。

哎哟！他站起来，身高有一米八五。你还知道秦咏诚呢？他欣喜并惊讶，从柜台边上拖出另一只水果箱子改制的椅子，快坐。

我说，知道秦咏诚有啥可哎哟的，你能拉德涅伯尔更哎哟啊。

没啥，他开始拉这台破旧的鹦鹉牌手风琴，风箱有的地方漏风了，键子和簧片的接触也有间离，声音忽轻忽重。

"拉，多咪，拉——咪，来多，多西——"这架破手风琴的乐音让他心醉，甚至合上了眼睛，我跟着旋律小声唱："——在黑云后面徜徉，林中的枭鹰……"不幸，我忘词了。

还拉啥？他眼瞅着屋顶思索，他老婆不好意思地看他，仿佛他快出丑了。皮亚佐拉？他问我。

我竖起大拇指，皮亚佐拉，这是意大利的炫技派作曲大师。他拉了一段，额上像蛐蛐须子的长眉毛上下跳动，但我没听过这首作品。

他摘下手风琴，脱外套，身上剩一件千疮百孔的白背心，上印五个字：我为边疆修大渠。

拉什么？他问。

"查尔达什"会吗？

嗨！他拉起"查尔达什"，蒙蒂作曲。这首曲子的前身是匈牙利人的民间舞曲。他拉得真好，慢板和快板的节奏都准确（民间音乐人常常篡改节奏）。

他拉过一遍后又拉了一遍，一共拉了三遍。这位民间手风琴演奏家的小卖部里摆着镰刀、驭马用的皮套包子、刷绿漆的铁犁、一捆铁锹杠，水果罐头最多，摆了两排。他老婆一直站着听，她前额的皱纹把眼睛压小了，头发花白，手背暴露凸出静脉，女农民就是这样子。她频繁地眨眼，仿佛沿着她丈夫的乐曲走到了匈牙利，正在辨识那里的森林和道路。

匈牙利的森林有库伦沟林场多吗？这里长着一片又一片樟子松。樟子松一年只长一小点，路边这些粗壮的樟子松不知已经长了多少年，像一队队披墨绿斗篷的军士。这些军士漫步在阿荣旗的原野，成千上万。空气中，除了"查尔达什"的音乐声，还有屋外传来的布谷鸟的单调的鸣叫。屋外菜畦子开着白花，像落下了成群的蝴蝶。

我听完乐曲，躬身致意，告辞了。我觉得意外听到这么多乐曲，已经偏得了，再待下去就打扰他们了。走在街上，背后传来《我爱这蓝色的海洋》，男中音马国光当年演唱的。对我而言，我爱这阿荣旗的早晨，寂静中有人拉手风琴。快到住地，我想起我是买牙膏的，但我不再返回小卖店了，下站再买，让这个记忆在脑海里保留着唯一性吧。

突然想起的三个幸福

住绵阳的旅店，见到床对面的墙壁挂一幅摄影作品。画面上，一辆迎亲的小轿车开进山里的村子。周围还有白雾，这是早晨。银灰色的轿车挂满花束，彩带和气球，它开得比人行还慢，与车并行的人——这是画面的主体——的神态表明，她的步速并不快。

汽车倘若开得快，就浪费了，从城里进山村千百里旅途的油钱全白瞎了。慢慢开，要让全体乡亲看到迎亲的车。更重要的，车速要和车边的人同速。这个人是新郎的母亲，五十多岁，头发上插三朵鲜红的海棠花。她穿一件陆军士兵夏常服，挽着袖子，四个兜，撤着胳膊走路；照片的焦点是这位母亲的脸，那真叫笑开了花，脸上红扑扑、亮堂堂的，跟她身后抱菠菜的女人的红衣颜色一样。她向车里笑，透过摇下的车玻璃看，驾驶员旁边坐着她的儿子——穿西服的新郎。新郎在副驾驶位置转头向母亲笑。他们娘俩儿相貌一样，笑容一样，笑的真诚度也一样。这张照片真是好，反映娘俩儿一瞬间的感情交情。他们并没有拉着手走，也没有一块儿坐车上。他们车上车下相互笑。他们用笑容把一个特别好的东西送给了对方，对方也接到了这个好东西。这个东西当然就是幸福。幸福不是谁身上带来的东西，是像祥云一样从头上砸下来的礼物，它好到可以超越婚礼一类的生活细节。从天上砸下的幸福钻进这娘俩儿心里，又从笑容里飞出去。按宗教的说法，那一刻，他们娘俩的头顶天使飞翔。照片上还有一些细节：道路是黄泥土路，路旁的屋顶青瓦上长草，车是宝马，牌号是川B——绵阳的车子。这些都挡不住母亲的笑容的光芒。

我想起的第二个幸福也在照片上。这是一张俯拍（抓拍）的照片。金晃晃的油菜花的田埂上，走来一队帝王将相。前面的人肩上扛一块小黑板，上面粉笔字写着"韭台村剧团"。他身后的演员穿着湖蓝的公子衫、粉色的花旦衫，还有蟒龙袍，他们头戴娘娘凤冠或将军的头盔。有趣的是，他们互相嬉闹，像在取笑对方。这种态度不是帝王所有，而是仙人所为。假如我在儿童时代看到油菜花地突然走来这么一列大袖子的人，一定会认为他们是神仙下凡。这些农民演员大约是抄近路到别的村演出，却让旁观者感到了幸福。第一个幸福的人是摄影者，我看到他拍的照片跟着幸福。

第三个幸福，见于内蒙古翁牛特旗大兴镇的集市。一位老汉八十多岁，留着乡绅才应该留的稀疏的银鬓。他腰板出奇地直，肩宽，这不是劳动者的体形，而像旧时代的军官。他穿跨栏白背心，双手推一个独轮车，车上坐一只黄眼窝的白狗。狗眼窝的颜色与老汉的茶晶眼镜一样的黄与圆。老汉可能为了狗的眼窝才戴上这副墨镜，而小狗为了应和老汉墨镜把眼窝弄黄的可能性一点都没有。他们（含小狗）的幸福在哪儿呢？他们不为上集市买东西或卖东西，不参与市场经济，只为玩，四川话叫"安逸"。老汉、小车和小白狗以及他们的墨镜、眼窝，均在享受悠然而去的光阴。老汉的庄严和小狗的庄严让人发笑，而他们的平凡让我感到满足，那是一种万事足矣的逸兴，把我打动。

　　他们幸福，被我看到并重新回忆了一遍。如果我的幸福在大街上也被别人看到，这差不多是对过路人的一份奉献。

以吃论英雄

我外甥阿斯汉信奉弱肉强食的道理，即天下英雄，在乎谁能吃掉谁。狮子所以比狼英雄，是因为它能吃掉狼，而不在狮子长了一个乱发纷披的大脑袋。当然，狮子食谱上是否有狼肉这道菜，就不必细究了。阿斯汉四岁，心里想的全是动物们，核心问题是谁吃掉谁。从另一种角度观察，阿斯汉做的是生物学家的工作，他把所知的动物悉排为谁吃谁，是一条自然界的食物链。因此，他在看画报上的动物时，尤其留心其嘴与牙齿——英雄的根据。

不幸的是，阿斯汉把这条定律拿到了人类的社会生活中，这是过去所批判过的"庸俗社会学"的理论。譬如，他多次比较我和他父亲究竟谁更厉害些，并观察我们吃饭时，特别是吃肉时的姿势和表情。我很替他惋惜，其理论水准只停留在进化论上面，而不懂阶级斗争学说。这是自然界与社会进步的不同的定律。

在这种思潮影响下，他对乃父渐渐起了敬意。原因很简单，他爹一日将一条蛇堡熟吃掉了。阿斯汉从此上百遍地景仰他爸："爸爸，你敢吃蛇吗?"他爸微笑答云："敢。"阿斯汉便欢喜地大笑四顾。

还有一次，他爸为阿斯汉表演了一次吃虾。虾，在阿斯汉看来是虫子之辈，爪牙较多因而可怕。但他爸两三下扯裂虾腿吞下。阿斯汉眼里冒出惊喜目光，大叫："爸爸，你还能吃虫子吗!"他爸答得仍简洁："能。"

有了这两次事之后，父亲在阿斯汉心中的形象是高大完美无比，他以为自己的父亲无物不可吃了，便喜欢追随其后走来走去。偶尔，他父亲也答应阿斯汉的一些请求，譬如不吃小白兔与黄鹂等。

昨日，他们父子聊天，阿斯汉又以"你能吃什么"开头，说过了蛇与虫子之后，他突然问道：

"爸爸，你敢吃警察肉吗?"

他爸很尴尬，连说不敢。因为我是警察，而且穿着警装坐在阿斯汉身边，这分明是威胁。我狠狠地瞪了阿斯汉一眼。今早，我听他爸小声教导儿子"以后不能说吃警察肉，不文明"。

猪 笼 草

我去邮局取包裹，在门口见一年轻女子从出租车下来，手里端一盆花，端不动。一般人都端不动稍大的花盆，为啥？花叶蓬张，不便近体，手伸着，肌肉力量不够。我帮她端花，进邮局。

她喊：邮花！

邮局的人笑了，说邮不了。

她不高兴，说：我不要了，扔你们这儿。

邮局人说：别放这儿，你拿回去。

她说：我拿不动，放你们这儿吧，寄存。

邮局人：我们不寄存。在这儿养着也行，不承担责任。

年轻女子说：行，你们窗台那么多花，不在乎这一盆。她用目光在人群中找到我，说：我看你这个人挺老实，帮我打个电话。

她从衣袋里翻出揉皱的纸团，打开，说：号，看清没？让他取。

我用老实的语气问她：跟他说什么？您姓名？

她答：一个字，取！别的啥也别说。说完，挺胸"噔噔"走了。

我把花放在黑大理石的宽边窗台上，揣摩这盆花。叶子如橡皮树叶，有蜡质，叶中脉延伸一段卷须，发育成囊。这是什么花呢？囊垂如小瓶子，绿皮，带红筋。

我按她给的号码打电话，一个小伙儿接听。我说你到×街×邮局窗台取花，花不知叫什么名，有囊。他提出问题且语气粗鲁，取花干啥？什么囊？你谁呀？我按女子所嘱，啥都没说。

回家睡一觉醒来，想起我儿时读的彩色连环画里有这种花，叫猪……什么？花囊有蜜腺，吸引小虫爬入，盖子关上，消化液把虫消化了。对，叫猪笼草。

电话响。取花的小伙儿在邮局打的，请我去一趟。我说花什么样，他说花找到了，对我有话说。

我老老实实去了邮局，见猪笼草边立一壮硕小伙儿，脸胖肚圆。他问，这是什么花？

我说一遍。

听完，他不爽：把我当虫儿消化了？花我不要了。

还是女子说的"啥也别说"对，说了就不对。小伙儿走了，我也走。才出门被邮局的人拽住：这盆花有白粉病，你拿走。

我……成什么人了？传话、搬花。我把花盆扛肩上回家，这时街上又有人问：这是啥花？

我"啥也没说"。

他三十多岁，自问自答：猪笼草，原产印度，著名食肉植物。多钱买的？

我摆手。

卖给我吧？

摆手。

大哥求你了，多少钱都行。我属猪，老婆属龙，多合适。多钱？

摆手。

他拦我：今天是情人节。卖我吧！

情人节？我说呢。说：你端走吧，不要钱。

这人用胳肢窝夹着花盆飞走，怕我后悔。

没几分钟，壮硕小伙儿赶来：我花呢？人家说猪代表发财，瓶代表平安。我花呢？

我指前边那人：他抢走了。

小伙儿追他，那人上出租车，小伙儿在路边拦另一辆车追他。

晚上，我跟媳妇说此事，她点评，曰：现在的人呐，爱的不是人，是迷信传说。还情人节，哪有情？

墓碑后面的字

在额尔古纳的野地，我见到一块特殊的墓碑。

树叶散落乡路，被马车轧进泥里。枝条裸露着胳膊，如同雨水中赶路的筋疲力尽的女人。这儿的秋天比别处更疲惫。行路中，我被一丛野果吸引，橘色的颗粒一串串挂在树上，像用眼睛瞪人。我摘下一串看，正想能不能尝尝，脚下差点被绊倒。

——一块墓碑，埋在灌木和荒草间，后边是矮坟。

碑文写道：刘素莲之墓。

荒地之间，遇到坟茔。我想不应抽身而走，坐一会儿也好。这就像边地旅行，见对面来人打招呼一样。坐下，不经意间，看到水泥制的石碑后面还有一行字：

妈妈我想……

"想"字下面被土埋住，扒开土，是一个"你"字。这个字被埋在雨水冲下的土里。

　　我伸手摸了摸，字是用小学生涂改液写的。字大，歪歪扭扭，如奔跑、踉跄、摔倒。写字的人也像小学生。

　　我转过头看碑正面，死者生卒年代为1966-1995年，活了二十九年。碑后写字的人该是她的孩子。

　　这么一想，心里不平静，仿佛孩子的哀伤要由我来担当。她是怎么死的？她死的时候孩子多大？我想，她如果死于分娩，孩子也没什么大的悲伤，但不像这个人的情况。孩子分明和母亲度过了许多日夜。母亲故去，他在夜晚睡不着的时候，特别在黄昏——人在一天中情绪最脆弱的时候，常常想到母亲。

　　儿时，妈妈不在身边，我特别害怕呼啸的风声，和树梢夹缠，一阵阵起伏不定；害怕不停歇的夜雨；害怕敲门声、狗吠和照明弹——那时老有人放照明弹。

　　现在这个孩子比我害怕和忧伤的事情会更多。我和母亲仍然生活在一起，他的母亲远行了。在节日时，在有成绩和挨欺负的时候，或者不一定什么时候的时候，他都要想起母亲。我仿佛看到一双儿童的眼睛，泪水沿着眼眶蓄积，满满的，顺眼角流下。他独自一人来到这里，写下：

　　——妈妈我想你。

　　"你"字被土埋住了，让人心惊。的确，"你"被黄土永远埋在这里，这是他家人早已知道却谁都无奈的事情。

　　我想的是，这几个字力量多么大，把一个人身上的劲儿都卸掉了，对我来说，仿佛如此。

　　大树在风中呼号，我走进邻近的村子，牧草一堆一堆金黄。农妇直起腰，看我进入哪一家投宿。我想的是，文字和周围的山川草木一样，因为真实而有力量。它们结结实实地钻进人的心里，做个窝待下去，像墓碑后面那几个字。

天　空

曙　色

　　曙色是未放叶的杨树皮的颜色，白里含着青。冻土化了，水分慢慢爬上树枝，但春天还没有到来，还要等两个节气。

　　日落时，西天兴高采烈，特朗斯特罗姆说像"狐狸点燃了天边的荒草"。日之将出，天际却如此空寂，比出牧的羊圈还冷清。

　　天空微明之际，仿佛跟日出无关，只是夜色淡了。大地、树林和山峦都没醒来，微弱的曦光在天空蹑手蹑脚地打一点底色，不妨碍星星明亮，也不妨碍山峦包裹在浓黑的毯子里。这时候，曙色只是比蚌壳还暗淡的一些白的底色，天还称不起亮。杨树和白桦树最早接收这些光的，它们的树干比夜里白净，也像是第一批醒来的植物。在似有若无的微明里，约略看得到河流的水纹。河流在夜里也在流动，而且不会流错方向。河水在不知不觉中白了起来，虽然岸边的草丛仍然黑黝黝的。这时，河水还映照不出云彩，天空看不到有云彩游荡，就像看不清洒在白布上的牛奶的流淌痕迹。星星遗憾地黯淡下来，仿佛退离，又像躺在山峦的背后。露珠开始眨眼，风的扫帚经过草叶时，露珠眨一眨眼睛，落入黑暗的土壤里。鸟儿在树林里飞蹿，摇动的树枝露出轮廓，但大树还笼罩在未化的夜色中。鸟儿在天空飞不出影子，它们洒下透明的啁啾。受到鸟的吵闹，曙色亮了一大块，似乎猛地抬起了身子。

我没听到过关于天亮的计量术语，它不能叫度，不叫勒克司（lx）与流明（lumen）。大地仍然处于幽暗之际，天空已出现明确的白，是刚刚洗过脸那种干净的白，是一天还没有初度的白。它在万物背后竖起了确切的白背景，山峰与天空分割开来。天的刀子在山峰上割出了锯齿形状。天光让树丛变成直立的树，圆圆的树冠缀满叶子，如散乱的首饰。河水开始运送云朵，这像是河上的帆。最后退场的星星如礼花陨灭于空中，它陨灭的地方出现了整齐的地平线。

这时候，如果谁说"天亮了"，他并没有说谎。人可以看清自己的白手。夜半解手时，人看不见自己的手，只能摸索着解开裤子。

我在贝加尔湖左岸跑步，天的白光渐渐从树林里升到空中。湖水是庞大的黑，如挤满海豹的脊背，而天色的白是怯生生的，似蒙了一层轻纱，好像说天亮还是不亮是定不下来的事情。天未亮，但树林慢慢亮了，高大的松树露出它们粗壮的枝丫，如同强壮的胳膊。树丛一团团剪影似的黑影里流露苍绿。转眼看，湖水变白，比天空还要白一些，类似于鱼肚白，好像刚才那些海豹翻过身晾肚子。站住脚看，这地方真是简洁，只有湖水和天空两样东西，而且湖水比天空面积大得多。以人的身高看贝加尔湖，肯定是湖大天小，这跟上帝在天上俯瞰不相同。

在山野观曙色是另外一样。我曾在太行山顶上住过一宿。那里天黑得早，亮得晚。我有早起习惯，出门刚走几步，被一个东西拉住衣袖。我用左手慢慢摸过去，原来是枣树的枝条，它隐藏在浓密的夜色里。抬眼看，看不见早已看惯的天，好像天被山峰挡住了。而我头一天入睡前，特意看了看，天分明还在那儿，还有星星，尽管不多，但此时竟一点天光都没有。我退回屋里，看表，天应该亮了，五点了，这个村的天却迟迟不亮。我甚至想——是不是这里的天不亮了？这么一想挺害怕，那就下不了山了。过了十五分钟，窗外有白影。我出门，看到地上起白雾，天还没亮（其实亮了，不然哪有照见白雾的光），往前走，又有树枝扯住右边衣袖，仍然是看不清树。此时，我明白一个浅显的小道理。平原上的光由地平线漫射而来，它从四周冲过来包围大地。这里四外都是山峰，光悭吝。再走，我看到脚下的青石板，踩上走。雾越发浓，比舞台的干冰效果还浓烈。雾里如有狗有狼咬住你的腿，那是一点办法也没有。这么想着，我左腿肚子抽筋了，觉得亮牙的狗正在雾里瞄准我的腿肚子。雾大，看不到头顶的高山，当然也看不到所谓曙色。其实曙色已经藏在雾里，是一团团棉纱。说话间，山谷传来松涛的呼喊，雨滴如洪水那样斜着打过来，湿了左边衣裤，右边还是干的。一瞬间，雾跑了。雨或者风过来赶走雾。可爱的天空在头顶出现，白得如煮熟的蛋，山峰骄傲地站在昨天的地方。最陡峭的地方树木孤独，大团的雾从它们身边沉落在山谷里。这时候，天空飘来了彩霞。它们细长成绺，身上藏着四五种颜色，以红黄色调为主。如果你愿意，把这些彩霞看成是金鱼也可以。太阳正藏在东方峰峦后面，把强烈的彩光打到云彩上，之后打在山峰上，一片金红。

黎明的云朵

　　天刚亮的时候，天空是青白色的，颜色像玉石一样。树和草半隐半藏在阴影里。这时候太阳还没有出来，太阳不能一下子从黑夜里跳出来，那像是原子弹爆炸，太吓人。太阳要在天亮之后缓缓上升。如果这个地方的东方有山，它就从山后边升起。如果有海，太阳从海平面升起。如果一个地方没山也没海，比如华北平原、松辽平原、成都平原，那就从平原的地平线上升起吧。太阳无私，在哪儿都照样升起。然而实话说，太阳愿意从东山后面，特别是有百丈危崖和苍松碧柏的高山后面出升，显出它光芒万丈。

　　我住在平原，太阳从平原的、住宅小区的楼房东面升起。在天亮了好大一会儿之后，东边的天空出现一条条红云，像红纱巾在地平线飘荡。你会问，云彩不是白云吗？怎么会有红云？日出之前，东方的白云被太阳的光线染红，变成了红云。刚开始的时候，云彩的红里面有一些蓝，有一点暗，桃红色。接着，云彩变成了绯红，绯红的云朵看上去很激动，很热烈。这一点也不奇怪，这些红云是太阳的锣鼓队，为太阳初升鸣锣开道，它们是太阳的先头部队。说红云是锣鼓队是一个比喻，它们手里没有锣鼓，只有万千红绸，在东方的地平线飞舞。

在这么美妙的欢迎下，太阳庄严地升起来了。人们说的红日实际是金色的太阳，它放出的光把天空染得通红，像炼钢炉一样。这时候，刚才说的红云变成了金色，匍匐在太阳的脚下。太阳继续上升，它的脚下堆积着红色的、金色的、粉色的云海，好像是太阳种下的花田。

云中的秘密

云彩是谁的衣裳，脱了放岸边，被风吹走这么远？

云的衣裳像洗衣机冒出的泡，堆在山的头顶。

云不散，虽然最后散了，但在天上依存了最多的时间。从飞机上看下面的云，很薄，飞机不忍心去撞这块被单似的云。从天上看，云彩不是团，它的缝隙露出大地的黑色。云所以没被风吹破，是后面的云手抱住前云的脚，说它们搭一个梯子也行，平行的梯。云毫无目标地漂泊，听从风的摆布，身板越来越薄。飞不了多久，云的全身都变成了肋条——天上常有梯田形、洗衣板形、台阶形的云，那是云的肋部，脑袋和手都累没了。

云是衣衫，虽然不知道这是谁的衣衫。姑且算是星座的衣衫，洗澡脱在岸边，被漫出河岸的水冲跑了。不要说天上没有河，我过去也这么想。自从 2011 年 6 月 22 日北京下了大暴雨之后，我觉得一切地方都可能突然出现一条河，从地铁站口涌进站里，从高架桥悬下瀑布。谁知道，北京的"天"上，竟会有这么多的水，几百上千吨。水开始并不遵从重力定律，在云的一个什么地方待命。后来出发，按重力定律一倾而泻，没让牛顿惊讶，但北京人民都惊讶。远望北京机场如洞庭湖一样波光潋滟，这时，水面实应划出一只又一只小船，赤卫队长韩英（机场旅客中找到这样的人不难）站船头唱：洪——湖唔唔水呀啊啊，浪呀么浪打浪啊呵。机场如果不是泡着一架架呆鸟似的大飞机，这里多么像红区，像鄂豫皖边区老革命根据地。旅客们在候机楼合唱——太阳一区（读区，不要读出）闪呀么闪金光呀啊。（男合）清早噢——，（女合）船安儿——，（众合）去呀么去撒网，晚上昂昂船儿鱼满舱，昂昂昂……昂……多好！跑道修得平，水上波纹细腻，如宋代古画的水波纹。

天有天的庄稼，云是天的大豆、高粱。天有天的河川，云是河川。地上的人仰面看云，想到云像棉花堆，像羊群，像城堡。在天人的眼里，云有五色，分成红、黄、绿、青、蓝。此中奥秘，不足与人类视网膜道也，各有各的乐趣。从一堆乱糟糟的云里，天人看到小麦青青，看到云里的森林苍郁高古。云的河水有轻柔也有泛滥，鱼虾乱蹦。天上的矿是铅灰低重的云层，矿工是天堂疲惫的飞鸟。你以为小鸟飞来飞去在天上玩吗？不能这么说，它们是天上的劳动人民。

鸟儿在天的春天叼来种子播种，看护小苗生长，长成穗，灌浆，成熟。秋天的黄昏，老鸹从天际低飞，它们背负粮食，只不过人眼看不清天上粮食的模样。人眼睛分不清的东西太多了，分不清光线里的红外线和紫外线，而昆虫一眼就看得清清楚楚。红外线红，紫外线紫，如此而已，人类怎么了？

在天边，大雁驮着成捆的麦子，运到南方。燕子驮着小把的油菜，运到另一个地方。云的河流开埠，大船装满了粮食、丝绸和矿石，运到云的第一和第二世界做买卖。云上的矿可提炼水晶，提炼翡翠。玉在天上是最平凡的东西，像鹅卵石一样。地上有什么天上就有什么，五谷稼穑，堆在天堂。

你去问开飞机的飞行员在天上有过多少奇遇？烫金的云彩凭空奔忙，紫色的云彩搭一个玫瑰色的拱门。云彩有云的手语，它与其他的云对话，谈风向、风速和爱情。飞行员都是守口如瓶的人，他们为了自身安全决不透露天上的事情，不说出他们看到了碧绿的雨滴、云里的动物大战——它们的名字全带"豸"字边，但念不出读音。飞行员独处时会陷入冥想，会欲言又止，他们又想起天上的奇遇。没人对飞行员严刑拷打，逼他们说出天上的事情。

飞机八月窗飘雪

　　头些年，我坐飞机爱选靠窗位置。苍茫云海与我只有一臂之隔。我成了喀喇昆仑山顶的气象员，对云彩指指点点，颔首示意。我觉得飞机的舷窗好像小了点，是不是可以改成四十八吋电视机那么大呢？

　　我还想过一个事，舷窗实为侧窗，看不到大地，只见到云，而大地才最好看。可以在脚下开一个窗，让我们看一看大地嘛。玻璃窗上安盖子，愿意看的开盖观赏，不愿意看的关盖子睡觉。有人说飞机客舱下面是货舱，安不了玻璃窗。他说就算可以开盖，也要注明这不是痰盂，更不是马桶。

　　身边的舷窗也不错，早先仙人在天上看到的奇景都被乘机人看到。当然，是机长先看到。机长的窗户大，全视野，他往那一坐明察秋毫。飞到哪个地方，手拉哪个杆，按哪个钮，按几下，他心里全有数。我见过夕阳低于飞机，徐徐落山。地球表面的人认为它已落山了，而我看到它继续下坠，像一颗燃烧的铁球掉进海里，迸起万道金光，光芒射到离地面九千公尺高的飞机的铝翅膀上。所谓云朵只挡住人的视线，根本挡不住太阳。太阳落山时，打开一把扇子，绘满奇幻的金光。我在飞机上俯瞰大海，海水蔚蓝无浪。如果海水颜色更浅一点，它就是另一个蓝天。我把海当成天不要紧，飞行员不误判就好了。海水看不到边际，把地球改为水球也很恰当。海水把云挤到了天边，它们成了不重要的泡沫。大海仿佛与天空一样大，没有东西南北，没有高山草原。海天相连处透光，覆盖弧形的穹顶。

八月的一天，我在飞机舷窗外见到了雪花。雪花大如香菜叶，落到地面可以拆分十几片。雪的斜线虚虚飞过，落在舷窗上，急速拉成牛毛细的水线，这是八月雪。天上的雪片往哪儿落？只有云朵接着它。云上能积成茫茫的雪野吗？云兜点小雪还成，雪多就驮不住了。它落下去，落到地面之前被风吹成雨丝。我们的飞机像一头白熊在雪花里穿行，身旁全是白蝴蝶，我觉得把飞机拍下来蛮雄浑，它看上去非常勇敢。

天上有什么？只有云。雨和雪都来自云。滚滚云朵如白牦牛渡河，不见首尾。云朵缠绕飞机的肚子、翅膀和脖子，摸摸这只钢铁大鸟是不是真实材料。飞机的翅膀如两把大镰刀收割天上的白云，割下的白云像麦子一样倒在天上却掉不到地面。飞机把一层白云割为两层，但留不下大理石一般整齐的云的广场。

去德国那次，飞越一千多公里长的兴都库什山脉。它是青藏高原的印度河和帕米尔高原的阿姆河的分水岭。山岭荒凉崎岖，我觉得这些峰峦之间正回荡着塔吉克人的5#的乐曲。山头黑色的肩上披着白雪，如羊皮坎肩。那也美，荒凉崎岖之美。

天上看到的农田最美，小巧玲珑，匠心十足。从天上看工厂与开发区都不好看，一片疮痍。大地原本生长庄稼，畜养众生。工业化有什么好？得利的是人，而非自然。我猜想世界经历过许多次工业化，每一次都以毁灭世界而告终。世界耐心地从头再来，在荒砾上育出细菌和蕨类植物，生出水和植物，然后有人（不管是猿变的还是啥变的）直立行走。人掌握工具之后，开始发展。他们的发展插上科学的翅膀之后就刹不住闸了，地球启动自毁装置，像小孩推倒了火柴棍搭的房子。地球上，单单是土已有多么珍贵，这是地球生物运化多少年积攒的可以长粮食的根基；单单是水就有多么珍贵，没人能造出一滴水。祸害耕地和河流到底是一些什么人呢？刑法上不设立毁地毁水的罪名，是一个大漏洞。把这两种劣迹从国土资源法和水利法中抽出来列入刑法定罪，人才老实。毁地毁水的后果比贪污受贿严重得多。

六月落雪、七月落雪、八月落雪，天空对大地多么温情，不忍看河水断流，不忍看草原上矿坑密布。天空洒下雪花，是想为干涸的河床添点水，覆盖大地的疮疤。天等不及了，八月就开始落雪。

黑夜如果延长，月亮会不会熄灭

如果黑夜延长，月亮怎么办呢？会不会黯淡无光？夜只在夜里出现，就像葵花籽在葵花的大脸盘子里出现，这个道理不言自明。如果夜延长了呢？小时候，我不只一次有过这个想法，但不敢跟别人说。它听上去比较"反动"，会给你戴上怀念旧社会的帽子，尽管我根本不了解旧社会。夜如能延长，不上学只是一个轻微的小好处，睡懒觉是另一个轻微的好处。我想到的大好事是抢小卖店。这个想法既诱人，又感到快被枪毙了，那时候，任何一处商店都归国家所有。任何"卖"的行为都由国家之手实施，个人卖东西即是违法。可是小卖店里的好东西太多，它就在我家的后面，与我家隔一个大坑。人说这个坑是杀人的法场，而我们这个家属院有一个清朝武备系统的名字，叫箭亭子。小卖店有十间平房，夜晚关门，闭合蓝漆的护板，好东西都被关在了里面。那里有——从进门右手算起——大木柜里的青盐粒，玻璃柜上放五个卧倒、口朝里的装糖块的玻璃罐。罐内的糖的价格从右到左，越来越贵。第一罐是无糖纸的黑糖。第二罐是包蜡纸的黑糖，糖纸双色印刷。第三罐是包四色印刷蜡纸的黄糖。第四罐是包玻璃纸的水果糖。这三罐的糖纸两端拧成耳朵形，只有第五罐不一样，它达到糖块的巅峰，是糖纸叠成尖形的牛轧糖。我们都不认识这个"轧"字，但知道它就是牛奶糖。这里面，我吃过第一、第二和第三罐的糖，憧憬于第四、第五罐。家属院那些最幸运的兔崽子们也只吃过第一罐的黑糖，可能在过年时吃过一块，嘎巴一嚼，没了，根本记不住什么味道。他们其余时光都在偷大木柜里的青盐粒舔食。如果夜晚延长，我们可以从后院潜入小卖店，把打更的王撅腚绑上。我先抢第四罐和第五罐的糖，如果还有时间，再抢糕点——大片酥和四片酥，各一片。家属院的小孩有人说抢白糖，冲白糖水喝；有人说抢红糖，冲红糖水。烂眼的于四说他要抢一瓶西凤酒。因为他姥爷临终时喊了一声"西凤酒啊"。有人说抢铁盒的沙丁鱼罐头，我们没吃过，不抢。至于小卖店里的枕巾、被面、马蹄表、松紧带、脸盆、铁锹之类，我们根本没放在眼里，让抢也不抢。然而在我的童年，夜晚从来没有延长过。它总是在清晨草草收兵，小卖店一直平安在兹，我们每天都去巡礼，看糖。

月亮每夜带着固定的燃料，满月带的最多，渐次递减，残月最少，之后夜夜增多。如果夜延长了，月亮虽然不会掉下来，但会变灰，甚至变黑。黑月亮挂在空中，有很多危险，会被流星击中，也会被人类认为是月全食。它燃尽了燃料之后，像一个纸壳子在夜空里飘荡，等待天明，是不是有些不妥当呢？如果月亮不亮了，传说中的海洋也停止了潮汐这种早就该停止的活动，女人也有可能停止月经，使卖卫生巾的厂家全部倒闭。而海，不再动荡，不再像动物那样往岸上冲几步缩回，海会像湖一样平静。这也很好，虽然对卫生巾不算好。

人们在无限延长的夜里溜达，免费的路灯照在他们头顶。道路在路灯里延长，行人从一处路灯转向另一处路灯下。菜地里的白菜像一片土块，哗哗的渠水不知从何处流来又流到了何处。被墙扛在肩膀上的杏花只见隐约的白花却见不到花枝，如江户时代的浮士绘。路灯统治着这个城市，他把大量的黑暗留给恋爱的人。夜如果无限期延长，每只路灯下面都有学校的一个班级上课。下课后，赌博的人在这里赌博。多数商店倒闭了，路灯下是各式各样的摊床。人们在家里的灯光下玩，然后上路灯下玩。不玩干啥，谁都不知道夜到底什么时候变为白天。在夜里待久了，人便不适应白天，眼睛已经进化出猫头鹰的视力。他们可以在没路灯的地方奔跑，开运动会。他们开始亲近老鼠，蚊子取代狼成了人类的公敌。

如果亲爱的黑夜真的延长了，河流的速度会慢下来。河水莽撞地奔流容易冲破河堤。侧卧的山峰在夜里吉祥睡，在松树的枝叶里呼吸。星辰在此夜越聚越多，暴露了一个真相——每一夜的星辰与前一夜的星辰要换班，它们不是同样的星星。在星辰的边上，站着另一位星辰。猎户座、天狼星在天上都成双成对。连牛郎织女星也双双而立。夜空的大锅里挤满了炒白的豆子般的星星，银河延长了一倍。动物们大胆地从林中来到城市，它们去所有的地方看一看，比如超市和专卖店。它们坐在电影院的座椅上睡觉，猫在学校的走廊里飞跑，猴子爬上旗杆……

苍 茫 大 地

白银的水罐

井是村庄的珠宝罐。井里不光藏着水，还藏一片锅盖大的星空和动荡的月亮。

井的石壁认识村庄的每一只水桶。桶撞在石头的帮上，像用肩膀撞一个童年的伙伴，叮——当，洋铁皮水桶上的坑凹是它们的年轮。

那些远方的人，见到炊烟像见到村庄的胡子，而叫作村庄的地方必定有一口井，更富庶的地方还有一条河，井的周围是人住的房子。在黑夜，房子像一群熊在看守井。没人偷井，假如井被偷走了，房子就会塌。

井为村庄积攒一汪水，在十尺之下，不算多，也不少。十尺之下的井里总有这么多水，灌溉了爷爷和孙子。人饮水，水进入人的血管，在身体里上下流淌，血少了再从井里挑回来。村里的人有一种类似的相貌，这实为井的表情。

井用环形石头围拢水。水不多也不少，在清朝就这么多，现在还这么多。村里人喝走了成千上万吨的水，水不增不减，不垢不净。多少人喝够了井水翘胡子走了，降生面貌陌生的孩子来喝井里的水。井安然，不喜不忧，在日光下只露出半个脸——井只露半个脸，另半个被井帮挡着——轻摇缓动。井里没有船，井水怎么会不断摇动？这说明井水是活的，在井里辗转。在月光下睡不着觉，井水有空就动一动。

村民每家都有财宝罐，都不大，放在隐秘的地方——箱子、墙夹层甚至猪圈里。而全村的财宝罐只有这口井，它是白银的水罐，是传说中越吃越有的神话。水井安了全村人的心。

水井看不到朝暾浮于东山梁，早霞烧烂了山顶的灌木却烧不进井里。太阳和井水相遇是在正午时光，它和水相视，互道珍重。入夜，井用水筛子把星斗筛一遍，每天都筛一遍，前半夜筛大星，后半夜筛小星，天亮前筛那些模模糊糊的碎星。井水在锅盖大的地方看全了星座，人马座、白羊座，都没超过一口井的尺寸。

井暗喜，月亮每月之圆，是为井口而圆。最圆的月亮只是想盖在井上，金黄的圆饼刚好当井盖，但月亮一直盖不准，天太高了。倘若盖不准，白瞎了这么白嫩的一个月亮。太阳圆、月亮圆、谷粒圆、高粱米圆，大凡自然之物都圆。河床的曲线、鸟飞的弧线，自然的轨迹都圆。人做事不圆，世道用困顿迫使他圆。圆的神秘还在井口，人从这一个圆里汲水，水桶也圆。人做事倾向于方，喜欢转折顿挫，以方为正。大自然无所谓正与不正，只有迂回流畅。自然没有对错、是非、好坏。道法自然如法一口井，大也不大，小也不小，不盈不竭，甘于卑下。

　　大姑娘、小媳妇是井台的风景。大姑娘挑水走，人看不见水桶，只见她腰肢。女人的细腰随小白手摆动，扁担颤颤悠悠。井边是信息集散地，冒人间烟火，有巧笑倩与美目盼，孩子们围着井奔跑。村里人没有宗教信仰，井几乎成了他们的教堂。但没人在井边忏悔，井也代表不了上帝宽恕人的罪孽。但井里有水，水洁尘去污，与小米相逢化作米汤，井水可煎药除病。井一无所有，只有水。一方水土养一方人，水说的是井与河流，土是耕地。对树和庄稼来说，井是镶在大地的钻石。鸟不知井里有什么，但见人一桶一桶舀出水来，以为奇迹。春天，井水漂浮桃花瓣。入井私奔的桃花，让幽深的水遭遇了爱情。花瓣经受了井水的凉，冰肌玉骨啊。从井里看天，天圆而蓝，云彩只有一朵。天阴也只阴一小块，下雨只下一小片。井里好，石头层层叠叠护卫这口井，井是一个城。

　　井是白银的水罐，井水变成人的血水。井无水，村庄就无炊烟、无喧哗、无小孩与鸡犬乱窜。庄稼也要仰仗井，井水让庄稼变成粮食。人不离乡，是舍不得这口井。家能搬，井搬不了。井太沉，十挂马车拉不走一口井，井是乡土沉静的风景。

吹我的风已经渡过了黄河

今早跑步，我看到北陵公园的湖水上有一圈波纹儿，风吹到了水上。哪有风？我没有感觉到风。走进树林，看树叶微微晃动，这时候我才感到风吹在脸上。就是说，我把心里关于风的开关打开后，皮肤才感觉到微风拂过。

以这件事为例，人这一生不知错过了多少与大自然接触的机会。你忽略了大自然。大自然对你来说根本不存在。大自然没从你心头走过的话，这一生都令人遗憾。大自然不光有四季，以及天空、大地和植物。对人来说，它有教益，有力量。我甚至喜欢用一个病句来表达我的感受——大自然里面有人生。

我常常在大自然里面流连忘返，我不知道我看到了什么，但一直在看。树林里前后左右的树，都是你的观察对象，还有地上的枯叶以及昆虫。眼前的风景似乎是静止的景象，实际它每一秒钟同上一秒钟都不一样，实时更新。在桥上，我喜欢看流水钻进桥洞。我想记住这些水，但它们没有面孔五官，不好记。然后我到桥另一侧的栏杆旁，看水匆匆流出来，像羊群从羊圈跑向四方。水流是拥挤的，也是汹涌的。它是急切的，还是大度的。当然你可以想到水里的鱼。河床上面有石子和苔藓。我觉得这都是秘密。这很神奇，只有我才知道。

今年我看到了一部日本电影《有熊谷守一的地方》，记录一位九十多岁的日本画家熊谷守一在居所里的生活。他的房子周围有树、水塘、青草，当然也有小鸟、昆虫。他每天都在凝视大自然的这些作品——树、水塘、青草、小鸟和昆虫。有时候，他在摊开的手心摆放两个石子看上几个小时。在看这部电影之前，我不敢对别人说我也是凝视大自然的人，我怕别人把我当成傻子。功利主义浓厚的社会文化蔑视那些不劳动的人。但是，既然熊谷守一可以如此，我们一动不动地看一个地方也没什么不可以。有时候，我看漓江园窗前的皂角树的枝叶在风中起舞。一阵风吹过，树枝摆动的样子各不相同，就像一个跳舞的人的上肢和下肢在做不同的动作，而风穿过这些枝叶是愉快的。这些枝叶挡住了风的去路，但风毫不犹豫地穿过去，把树留在了后面。风永远是一个胜利者。前面说过的吹起北陵公园湖面波纹的风，后来去了哪里？风停不住脚步，它一直往前跑，往西——众所周知，风喜欢拐弯儿——然后再往东。我觉得这些风，现在已经吹到了河北省，它们正吹麦子，也有可能渡过了更远处的黄河。吹过我的风又去吹树叶，吹昆虫，吹小鸟。想到这些我觉得很愉快。有时候我会遇到一只甲虫的鲜艳的尸骸，不知道它因为什么死了。昆虫也许连心脏都没有，怎么会死呢？我用纸巾把尸骸包起来，过一会儿或者过几天再拿出来看一看，看它的鲜艳的外壳以及风干了的手足。它仿佛在说一件事，但我们永远不知道这是一件什么事。

我喜欢在大地上走，说得更具体是在荒野里行走。沈阳北边有好多荒凉的土地。开发商把耕地买过来，还没来得及盖楼。这些土地按着大自然的样子尽情地疯长各种各样的植物，植物的种子是被风吹过来的。几场雨水之后，草木变得十分茂盛。没人在这样的地方行走，路面不平坦，走上去一定跌跌撞撞。在这样的地方走久了，你走路的姿势会变得像一个猎人或者牧民，迈大步用力走。荒地里有许多东西吸引我。比如一个巨大的树桩，里面的木头已经腐烂了。蚂蚁把这里改造成四通八达的宫殿。我还在荒地里看过一只鸟左边的翅膀，太奇怪了，不是一根鸟的羽毛，而是一只翅膀。它怎么会流落到这里呢？在荒地行走，好多小鸟飞到你前面，好像去报信儿。我坐下来休息，看到离我一尺远的地方，一个黄色的东西动起来，像香瓜。它往前爬，而且回头看了我一眼。这是松鼠，皮毛黄色，脊梁有一条黑线。最好笑是它看我的那个眼神，很迟钝，对我不满意，打扰到它。这多有意思啊！这时候我享受到了昆虫、松鼠才能享受到的幸福。

童年，我跟家属院的小孩儿一起玩的时候每每显出无能。他们能在墙头上走，还能在墙头上跑，我完全不能。别的事情比如说制作冰车，制作弹弓火药枪，我也不行。我从小就具备一无所长的特长。而我现在回忆童年，好像我一直是个静默的观察者，却没有技术。好多人说我是废物，开始不是很爱听这个评价，现在

恍然大悟，废物多好啊，废物就像草原突兀长着的一棵榆树，它不
成什么才，方圆几公里只有这棵树，沐浴着阳光和雨水，幸福。

我们都是大自然的子孙，在上帝面前我们都是"废物"。我
站在荒野里，我想象我的视角从高空往下看，像无人机拍摄那
样，到很高的高处俯瞰站在荒野里的我，不过是大自然里边的一
粒沙子，如此而已。我们看到大自然的美，听到风声，这就足够
了。不断地在生活中追索意义，自我加压，榨干自己的血汗是一
件很要命的事情。我们的生活里，除了金钱有意义、晋阶有意义
外，美也有意义，美的意义就是美，如同我们在大自然当中所看
到的那样。

我们喜欢用安静这个词来形容大自然。比如你走在树林里，
觉得周围很安静，如果你真正进入大自然，成为它的一员，会觉
得这里面很热闹。蚂蚁和螳螂在地面上忙忙碌碌，小鸟正站在树
杈一个隐蔽的地方，用滴溜溜的眼睛盯着你。风从这里走过，每
一片叶子都做出回应。太阳光照在树叶上产生不同的反光。前面
说到九十多岁的画家熊谷守一，从早晨开始就趴在庭院的水塘边
或坐在小椅子上看鱼或草木。他穿的和服后面系一块动物皮毛的
屁股垫子。他看螳螂，看小鸟，看水中晃来晃去的光的影子，就
这样度过一天，用他那双九十多岁人的亮晶晶的眼睛看着一切。
吃完晚饭，他夫人会提醒他说，你该画画了。熊谷守一有些委屈
和不满地说：你们这些不画画的人真幸福。这个话也是很有意思
的。我自己也想过那些不写作的人多幸福啊。在火车站扛麻包的
力工肯定也想不扛麻包的人多么幸福。我曾经听过一个每天都要

陪别人吃饭喝酒的乡镇干部说，不喝酒的人多幸福。人总是这山望着那山高。但熊谷守一的话里还有话。他观察大自然并用绘画这种样式记录大自然，他会觉得根本画不出来它的美，观察幸福，画不幸福。就像用文学的方法记录大自然的美也仅仅记录了一点点而已。传达大自然是一件多么困难的事情。

如果非要在大自然当中找到一种所谓意义，我觉得其实这里面有非常大的意义。人从猿进化成人之后，估计还没有走到终点，也许还走在半路上，他脱离不了大自然。大自然对人的意义不仅是气候与环境，它还是人的导师。人从大自然中所学到的东西一点不比所谓知识提供的要素少。熊谷守一每天忙于安静地观察树叶、昆虫和石子儿，眼睛亮晶晶的。他不会去翻阅智能手机也不看电视节目。他好像也不怎么读书，读书对一个九十多岁的人也有一些困难。你说他脱离时代了吗？他走在时代的前面。你说他内心荒芜了吗？他的内心非常丰盈。我很理解他的幸福。

人度过这一生，如果没有机会对大自然说一说感恩的话，这个人注定是白活了。我觉得写作这件事情，勤学苦练没有什么太大的作用。写作的核心在于天赋，"天赋"在这里的含义是指老天爷把这样东西赋予你了，让你的手上长了一种本领，即写作的本领。一个人有了这个本领之后，最值得写的就是大自然。大自然的美时时刻刻在我们身边发生。只是穿着四季的外衣或者河流和云彩的外衣，那里是生命能量的原点，也是艺术的源头，只有少数人才能到达的地方。

每个人理应赞美一次大地

每个人理应赞美一次大地，那是他们最终要去的地方。

但我们好像要想一想才想起什么是大地。它不是水泥地（水泥是大地的禁锢），不是楼房（楼房并不是土地长出来的东西，而是商人造的商品）。大地也不是街道（地在街道底下）。大地是长庄稼的地吗？

长庄稼的地叫耕地，它是大地的一小部分，可以养人，古人称为田。大地并没少，耕地却越来越少，人类开始在耕地上盖楼，吃饭的问题以后再说。大地上有村庄吗？有，但这是过去。过去，村庄生长在大地上，长在河边，像大地上结的一个葫芦。现在村庄已经荒芜。如果村庄可以衰老，如今它们正在衰老。农人的门锁了好多年，院墙废圮。村庄的主人去城里打工，村庄由于缺少人气而老态毕现。没有鸡鸣犬吠的村庄老得最快。而另一些村庄是被活生生消灭的，政府让乡民进城住楼，把他们腾出的村庄下面的土地用作工业用地和商业用地，总称"发展"。在没有露水、鲜花、青草和小猫、小狗的地方总有一样东西旋转，这东西说不出名字，只好管它叫"发展"。

大地还在——其实人说出"大地还在"这话是可笑的，大地不在谁在？——但有时找不到它。想念大地时会想到遥远的地方，比如新疆和青海，似乎那里才有大地。或者在电脑的搜索引擎上录入"田园""庄稼""湿地""保护区"这些词语，收看大地的图片，在上面看到野花和绿草，顶算见到了大地。假设我们在城里看不到大地——楼房和水泥地面屏蔽了大地的表面——郊外应该是离大地最近的地方。去了之后，见到了什么？

郊外还在，大地又不在了。我去过的许多城市的郊外堆满了垃圾，可叫垃区或圾区而非郊区。人太能生产垃圾了，城市镶着一条垃圾的项链，城边的垃圾山中间是失地农民住的出租房，所谓大地被压在这些垃圾下面。一些没有垃圾的城市郊区也看不到大地，人们造出一条假的河流，水泥衬底，用水泵抽水吸水。这是像假唱一样的假河，两岸栽种鲜花绿树，但这不是大地的样子，它们不自然因而不属于大自然。

我庆幸我见过大地，比如今的儿童幸运。大地有田但不全是田亩，有荒野、沙砾与河流。野草、树木、动物和昆虫是大地最早的居民。落日好像点燃了一万个柴禾垛，月光洒在铺着细沙的河滩，风里有柳树的苦味、河水的腥味、野兔粪便和狐狸的骚味。大地上野花盛开，颜色淡，好像鲜艳会惊扰大自然的庄严。大地无所谓好不好，对草木动物而言，从来没有不好。虽然大地冷冻，动物们缺少食物，但这不是大地不好的理由。大自然不追求公平华美，它的规律是自然而然，此中有和谐。大地从来没想过它会成为最大的商品，成为被排污、被盖楼房的地方。大地原来是人的墓地，如今它是它自己的墓地。

赞美大地，它包容一切又生长一切，不排斥一切好人或坏人在此生活并死去，大地有办法降解一切废物并把它们变成万物更生的养料，给每一样东西赋予新意。人与动物的遗体被处理干净变成青草和土壤里的微尘。大地松软，人们虽然看不清大地的脸，但一年四季它有不同的表情。春天，草木开花分明是大地笑了。月光下，大地静谧如霜，这是大地入睡的表情。

人们爱说"走什么样的路，到哪里去"等等，其实最终都要走向大地，这是所有人无法回避的前程，但常常叫作归宿。那么，为什么不事先关注一下大地，赞美这最后的归宿之地呢？大地辽阔，冬来春去。尽管大地之上有丑陋的建筑，但大地时时都在我们脚下，这件事毫无疑问。能够让花开放的是大地，让人得到最后安宁的也是大地。大地超出人的视野，它的身影如同落日的黄金射线。

勃隆克

雨滴钻进沙漠里就再没出来过。铅色的低云下，沙漠由耀眼的白色变为明黄，好像穿了一件新衣裳。

雨在沙漠上一个脚印也没留下，没有滴痕，没有水洼，雨水没了。

不一会儿，雨停了，太阳出来，空气立刻散发一股潮湿气味。太阳如同开了一个玩笑，拉开铅云的门帘对人们笑，好像在沙漠下雨是个笑话。

这个地方叫勃隆克，是沙漠而不是沙地。我自己觉得，草原被耕种、被开垦、被采掘造成的沙化是人插手自然形成的荒漠化，叫沙地。草原表面由草的根须织成的保护层被撕破，土没有根须的保护被风刮跑，变成尘。地死去，流沙成了统治者。而沙漠是另一回事，它是大自然的杰作之一，像河流、岩石、土壤一样，古今如一。它哪儿也不去，只留在原初的家园。沙漠有自己的生态系统，生长只在沙漠存活的红柳（红柳在沙地里活不成，什么植物在沙地里都活不成），有动物和昆虫，也有草。没下雨时，我的手像铲子一样嗖嗖插进沙漠，不到二十公分，手觉出清凉，铲出来的沙子全是含水分的湿块。

鸟飞过沙漠上空，最是好看，即使没读过柳宗元的诗也能体会出"千山鸟飞绝"的意境。鸟飞得太孤单，好像有人从沙漠后扔出一块抛物线的石头。站在沙峰上，风大到人都站不住脚。看见鸟在下面逆风飞（顺风早被吹跑了），它挺着胸，几乎站起身子。这样的鸟留一头长发会飘得多么好看，套一件裙子更好看。鸟来这里纯粹是玩来了，像人一样。

人从沙的悬崖上如八女投江一般头朝下栽下去，结果变成了长距离的滑行。在沙漠戏耍，没有摔伤、磕伤，沙子有巨大的缓冲力，还干净。

人说，七八月份，游人戴墨镜躺在沙子上，用滚烫的沙熨腰，既舒服又治腰伤。当地人用细腻的白沙做婴儿的尿不湿，如猫砂一般。

沙漠表面有一层矩阵的花纹，像海浪凝固了，一排距另一排二十多公分。用手在沙漠里掏玩，边缘的沙子以人眼看不清的速度塌下来，保留顶端均匀的圆形。

勃隆克沙漠方圆十多公里，有冰川时期漂来的巨石，石褐色，方形。有一个湖宛然泊于沙漠谷底，蓝色，不沉也不涨。湖里有野鸭了，它们从此岸往彼岸游，脚蹼分出水波的"八"字越划越大。它们已游到对岸，"八"的水痕还在，见出湖水的静。我觉得在这里当野鸭子比当人强多了，尽享世间胜景；不用装，但比装拥有更大的美感。湖里的鱼没人捕，蒙古人不吃鱼，鱼在湖底比闹市的人还多。

我赞叹的不是沙漠，是胜景。给自然造成灾祸的是土地荒漠化，而不是沙漠。沙漠是大自然的儿孙之一，它一直待在自己的故乡，有其他地方看不到的美。

沉　香

在海南，我见到沉香树。外观上，沉香树并不比其他热带树木更奇特，像一个内心丰富的人在人堆里并不扎眼一样。结缔沉香的树不会高耸入云如椰子树，也不会开花热烈如木棉树，它厚朴，或者说此生厚朴，沉香之香是它酝酿中的来生，如果没有发现树木伤口的结痂，如果没人去烧这块木片似的结痂，世上就没人知道沉香。

是什么人会想到烧一下沉香树伤口的结痂？为什么是烧呢？他可能把热带植物的根、茎、叶、花、果都烧过，嗅一嗅哪个香，即便被毒树熏至昏厥仍在烧，直至找到沉香。开始，这个李时珍式的奇人并未以烧树为己任，他先把所有草木的根、茎、叶尝一遍，对治他身上的奇疴，无效有忿，愤怒地把它们一样一样扔进火里，烧到沉香树时，上帝在天边露出笑容，香来了。

今天的生活正是由一些不安分的人的奇怪发现构成的。沉香不算怪，怪的还有砖、青霉素、烟、裤子、假牙、眼镜、文胸、电视机、大烟等好多万种东西。其中任何一种东西刚出现时都不为正派的人所接受。而那些奇怪的发现者总对上帝的安排不满意，去寻找物体背后的东西，没去想他们的发现影响了人类与自然的秩序。如绳子、弓箭、灌溉，更不必说水库、煤和转基因了。

物不在乎被发现，它们有自己的灵魂，附着于大自然之中。芳香、甜蜜、坚实、笔直是植物们现世的荣耀，只有沉香木有来生，而它的来生被人窥破，竟在伤痂里。沉香树朴素，树干显得圆拙一些，看不到香樟树的富贵气派。它的叶子普通，四五月份开出的花朵微红带紫，也没什么香气。它就这样长着，像集市上的海南农夫一样普通。谁也没想到沉香生在这样的树上。树，遭雷劈蛇咬之后，疗伤的分泌物在伤口凝聚，又在真菌的干预下结成沉香，被人类誉为"聚日月之精华"的珍品。

点燃沉香，开始没察觉它汇聚了怎样的日月精华，香烧尽了，也没觉出来精华在哪里。我燃香喜欢观烟。这支细细的沉香斜插在白米粒上，它的躯体（或许包括灵魂）在烟的舞蹈中消失。沉香不是香水，无须像狗一样用鼻子探究它。沉香的神秘首先在烟雾的形态里。沉香的烟似比其他香更细腻，人的视网膜观烟雾实在很粗陋，只见到烟的线条而见不到烟的颗粒。如用超微摄像机拍下来慢放，其图像应该是一颗颗圆珠排列而出，色彩不灰，由红变为白，在热力中滚滚上升。但我们只长了人的眼睛，就用人的眼睛对付看烟吧（鸟类学家说鹰的眼睛可看到鸟类在空中扇动翅膀的频率）。人眼看烟雾，可看出其艺术性，由此想到怀素张旭。烟雾在上升中转折，人却说不出线条从哪个地方转折，正琢磨，转折的线条又转折了，与草书笔势相同。沉香的烟势挺拔。我拿出另一种香点燃对比，后者雾气疲软，爱分岔，跟营养不良头发分岔的意思差不多。我把沉香放在主卧室如布达拉宫那种铁红色的墙壁前观赏。香的烟气像一支马蹄莲，笔直地拔上去，在高高的地方分开。它上升的样子十分沉静，烟柱保持同样的精细，仿佛上方有一个东西吸着它们。烟气散开时淡了，如一朵花的影子。烟的花朵开放后，依然不忍离开，有流连，似回头观望。看烟气动摇，人却感觉非常静。或言之，你不觉得它动，它却在动，幡不动风动；如站桩所说"静极生动"。观其他事物的动——鸽群飞翔，溪水湍流，均生不出静态感。唯观香，愈看其动愈觉其静。动和静真是不好言说的东西，它们会在一些地方重合。地球据说是动的，但我们觉不出来。白云显然在的——我小时候见过的那朵白云早不见了——但我们抬头看云，云并不动。人低头系鞋带的工夫，云没了，投入另一朵云的怀抱，曰改嫁。远看大河未流，如一面镜子，进河方知旋涡奔涌，我在黑龙江差点溺毙即被旋涡拖住了腿。人好在只有两条腿，若有四条腿早被它们拖进淤泥里了。人看了一辈子东西，看到的多是假象。人所乐所悲者，也因为把假相当成了真相。

练功的人，如京剧之盖叫天，书法之怀素，战将如曾国藩都爱观香静坐。香之烟雾，似聚又散，如升却降。如果其中有道的话，道就是散了，都散了，归于虚空。

观香实为观沉香木早年的痛。这世上，谁的伤疤被人燃烧？

谁的痛苦散发香气？谁的血泪价值不菲？谁的回忆化为青烟？唯有沉香。所有名贵香水都有沉香的成分，它保持着香气的沉稳。沉稳是向下的力量，正如沉静也是一股大力量。

我把燃烧的沉香挪到镜子前，两炷香烟竞相上升，如双胞胎，而我又节省了一支香。我观香很小心，这是一些伤口，伤口又莫名其妙变成了香雾。我一点点嗅这些香气，树木当年的痛苦和血泪变成了这样一种香味，似有若无，些许药性，像一个人憋了十年的痛苦经历突然不想说了。有些经历大痛的人会变得空灵，沉香之香即空灵。人类常常述说自己的痛苦，忍不住。人说出苦痛相当于把伤口又豁深了，永远结不成一个痂。沉香沉默，它用分泌液里的芳香安慰自己，它懂得怎么爱自己。

香燃尽了，我看四壁，竟发现有几朵烟雾独立存在，小烟团在很高的地方慢慢舒展翻身。香都灭了，烟还能这样吗？我不明白的事情越来越多了。我盯着余下的小烟团看，它们在打太极拳，云手、倒卷肱、野马分鬃……我心里想：它们怎么会没散呢？烟的动作暗含一种节奏，好像应该有乐声伴奏。怪不得李坚说她弹古琴时才焚沉香。沉香是她送我的，我问贵不贵？她说有一点点贵。她说"一点点"就很贵了。但沉香的价格和价值永远对不上。就像我们永远不知道别人的痛有多痛，动物的痛是怎样的痛，凡是他人用心感知的，我们的心均不能及。所及者只有沉香沉潜的一点点香。

根河的夜

蒙古史诗《江格尔》里写道：江格尔是唐苏克·蚌巴可汗的孙子，乌琼·阿拉德尔可汗的儿子。江格尔在银白色的额尔敦山的南麓建了一座金宫殿，这个宫殿好高，"离白云只有三指宽的距离"。《江格尔》还说，在江格尔身边围绕着十二员虎将和八千个宝通（野猪）。这么多野猪围着江格尔做什么呢？说下去我们才知道，野猪是江格尔对手下勇士的命名。谁作战勇敢，江格尔就命名他为勇敢的宝通，并允许他住在金宫殿里。

在根河行走，我每每想起这句话——"离白云只有三指宽的距离"，这是从肚脐眼到下面关元穴的距离，跟一位身高一米六的亚洲女人的鼻长差不多。根河的云朵从养狐狸的砖房的屋脊后面升起，离屋顶的烟囱只有三指宽。云朵掉进葛根河的流水里，离山杨树的倒影只有三指宽。根河境内森林密布，白云好像从世界各地赶过来，到这里定居，享受阴凉、鸟啼和干净的河水。从云彩的形状看，有的云正在山脚下卸行李，有的云在天空寻找降落的草地。云在根河的天空显得十分拥挤，而且没有空中管制。有些云互相冲撞却毫发无损并合并为同一朵云，像把一桶水泼进了河里一样。

到夜晚，事情发生了变化。我到根河时值七月，之前这里连下了好几天雨，大地上多出来好几千个水泡子，草原开满了小黄花和白色的野芍药花。在根河市住下来大约在晚上九点多，天空并没有人们所说的黑透。粗略地说，大地已经笼罩在黑夜里，而天空依然澄明，与黝黑的土地分割清楚。如果你愿意把这一种天色称为深蓝也不算错，但找不到蓝色，只是不黑而已。夜里，天空的云朵明显少了，这证明我所说的云彩来自世界各地的判断很对，它们经过长途跋涉，需要歇着，找地方扎自带的帐篷睡觉去了。夜空剩下的孤零零的云彩只是一些梦游或掉队的云。我看到，这些云竟然是黑的，它们有黑檀木那样沉着的黑色却不是乌云。所谓乌云是雨云，云层很低，连成片，移动迅捷。而这几朵黑云高悬天心，悠然不动。我明白了，这是根河独有的夜景。这里的天空不黑，白云缺少光的映射变成了黑云。

在这样的草原上夜行，见到远处弯曲的河流白亮如练，我几乎不敢相信自己的眼睛，以为那是白雪堆积在河道。上个月，也就是6月，我在新疆的喀纳斯漫游，看到野花盛开的草原的某一处山坳堆积白雪。这些雪好像与夏季无关，该化的雪在5月份已经化了。但在根河，闪着耀眼白光的河流只是河流，白光只是天光。此景让我非常留恋，黑黝黝的树林和草地里，弯弯的河流闪着白光，白光的尽头即天际分散着寥落的星星，仿佛是河流的尽头。

夜深了，我沿着公路往城里走。四外虫鸣，那一种晶莹的唧唧声，如同露珠在喊叫。露珠大概在和离自己"三指宽的距离"的另一颗露珠谈恋爱，它们的身子缩进圆圆的脸里，偎在草叶的掌根微笑。虫鸣如同黑暗的草地里藏着一万块瑞士手表，滴答滴答，咔嗒咔嗒，手表的齿轮在赛跑，看谁在天亮时跑到树尖上。城里也有一条河，当地人说这是从激流河引出的支渠。但我看它还是一条河，宽约七八十米，水不深，在鹅卵石的河床里哗哗流淌，水声传出几百米外。

再往前走，闻乐声。循声来到一个广场，见到篝火晚会。看了一会儿，得知这是鄂温克人敬火神的聚会。几根松木支成帐篷形，人们把浇柴油的劈柴塞进松木下的空隙里，火焰熊熊。质朴的鄂温克男女老少手拉手围着火堆起舞。他们先是一个大圈儿，后来变成里外两个圈儿。里圈人步伐急骤，外圈人的动作迟缓一些。好像所有的民族在开蒙初期都有围拢火堆舞蹈祭祀的习俗。火焰驱赶寒冷、黑暗与野兽，熟化食物。如果没有电和电脑、电视机，北方的各族人民现在可能都在围拢火堆跳舞呢。人的脸膛被火光照亮，手拉着认识或不认识人的手向一个方向移动。音响传出的鼓声如同你的脚步声，这比上网有趣多了。鼻子闻到燃烧的松木味道，我抽空看一眼天上那朵黑云，但是天已黑透，像沥青的大锅把小黑云煮化了，整个天空被一个盖子扣严了。我们都跻身一个黑暗的罐子里，等明天的天空把盖子打开。

根河真是很小，我往回走的时候，又闻到了树林的气息。这是樟子松、落叶松、白桦林和山杨树混合在一起的味道，其中掺着土壤腐殖质与河流的气味。灯光明亮的街道上竟然传来了林区的气味，真是幸运。根河小镇是大兴安岭怀抱的小小的孩子，是藏在蓊郁的大森林里的几条街道而已。

化 石

　　岩石里凝固着鱼的化石，却见不到人的化石。人太年轻了，在地球上远远没混到化石的行列里。在生物学的排序中，猛玛、鸟类、鱼类、昆虫都是人的前辈。如果人想排进化石的辈分里，前边还有马、牛、羊、狼、猪、狐狸、猴、猫和老鼠，早了。就像十二属相里没有人（人属人有点不像话，皇帝除外），化石里没人。

　　化石是什么？是大自然对物种的珍重。大自然把它看好的动植物变成化石，永久保存，它们一定是好东西。从对环境的价值说，人算不上什么好东西，尽搞破坏了。大自然心里有数。

　　大自然能耐大，它把蜻蜓的翅膀化为石头，或者说化为石头的纹理，这才是鬼斧神工。世上有比蜻蜓翅膀更薄的东西吗？没有。人的眼皮薄吧？但比十层蜻蜓翅膀还厚。世上竟有蜻蜓的化石，清晰地带着翅膀的脉络。可见，化为石者不仅有动物骨骼，还可以有蜻蜓肚子（里边一包水）和翅膀，跟石头浑然一体。化

184

石里有植物的叶子。叶子只是一些纤维，蜻蜓的四只翅膀也是纤维，它们怎样能变成石头呢？石头和蜻蜓翅膀的分子式完全不一样，它们竟然可以互相转化，这就是奇迹。当年赤峰广播电台有一位工程师就订一本杂志——《化石》。每天傍晚，他捧着《化石》坐在花园前的楼房台阶上阅读。读一会儿抬眼瞧瞧四周，可能琢磨周围有什么东西可以变成化石。晚风吹来，花园里的扫帚梅和胭粉豆摇来摇去，好像躲避蜜蜂爬梳的痒。花与蜂都可变为化石，但电台大楼和编辑们变不了，人尤其变不成化石。当年列宁和胡志明遗体保存遇到了腐烂的问题。庄子说人的最后一口气离开身体即开始腐烂，气负责人体不烂。那么，把那些据说是伟人的遗体变成化石，他们及其追随者会不会更称心？变是能变——我私见——只是时间太长，比如一亿年，还变吗？瞻仰者等得了一亿年吗？所以就算了，世上好多该办的事最后都不了了之。新杂志来到，电台的工程师在杂志封面外边粘一层牛皮纸，每天下班坐在台阶读。冬天，他把屁股靠在收发室暖气上读。为什么不在家读？可能他老婆不允许活人读化学书刊。我想他就像矿难中蹲在巷道中吃一块木头的人，这是唯一的精神食粮。他每月需要把这本杂志均分三十份，每天只读一份。一个字都不能多读。多吃多占的结果是阅读饥荒。假如《化石》杂志四十八个页码，小月 30 日，他可读一点六页。大月 31 日读一点五五页，即读一页半之后再读六行。赶到二月份过年，每日可读一点七二页，合算。过年干啥都合算。

　　人说比尔·盖茨盖的半穴居豪宅的前厅铺着始祖鸟化石。这么弄，好像不太吉利。但逝世的不是盖茨而是乔布森。化石有可能更接地气。我觉得可以把化石看成是玉。虽然玉顶着非常好听的称呼，有人在名字里加了玉，但玉没什么来头，看不出前生。化石的前生不言而喻，鱼、鸟，这是身份，有谱系。按能量守恒定律，万事万物都有一个前体或者叫因，都可以找到自己不同形态的前生。但人记不住前生，这辈子也没收到过提示，星座、血型跟前生均无关系。假如我前生是一只猞猁，现在见到猞猁我一点都不激动。有人在街上喊"猞猁"——我也不会回头。所有的记忆一托生就被抹掉了。说到这儿，我更加佩服化石，人家有前生，而且连蜻蜓都有化石，人却没有。人死了火化，更没机会化石了。地球上每几分钟消失一个物种，变化石根本变不过来。

假如有人发明出速成化石的办法，我提议变化石的清单是马鞍、小提琴、蜜蜂、眼镜、吉他、钱、苹果、西红柿、橘子、茶叶。提十项就行了，别人还提呢。可惜音乐不能化石，人的情感不能化石，云彩化不了石，味道不化石。好多好东西都化不了石。音乐、情感、云彩、味道最后去了哪儿？谁也不知道。可能变成了暗物质，此事须问丁肇中。

梅岑根的墓园

鲜花开在那里，纯洁宁静，老人般的大树用粗壮的枝干荫翳着高低不一的墓碑，墙边一棵樱桃树浑身是花。

这里是梅岑根的墓园。梅岑根在德国什么位置，我并不清楚。我跟两个同伴一道坐车，从斯图加特来这里。梅岑根有欧洲各个服装品牌的折扣店。按欧盟法律，每年六至七月允许服装企业在指定地点打折销售。在德国，这个地点是梅岑根。

等待同伴时，我到街上漫游，看到这座墓园。起初我以为这是个公园，绿树跟公园同样多，鲜花比公园更多。

大多数墓碑前有一小块花池子，这里好像举办花卉比赛。对地下的长眠人来说，树和石碑有太多荒芜的野气，而鲜花使这里像家庭。风中摇动的花朵如孩子拍手跳脚，跳皮筋或跳房子，它们都穿鲜艳的衣裙。即使黑夜，墓地也因为朵朵鲜花而如人间。

我看不懂碑上的德文墓志铭，只看到逝者生卒岁月。逝者少有 20 世纪 20 年代出生的人，多数是 20 世纪 40 年代出生、六十多岁死去的人。可见这个墓园建立的时间不算长。这时候，走进一对中国留学生，一男一女。（到梅岑根买便宜衣服的人，一半以上是中国人）他们俩看碑文，然后用汉语谈论一下，我旁听。

多数墓碑上有照片。这张照片上，老人专注地眺望远方。"我的双手——拿过工具，拉过爱人的手，抱过孩子，捧着圣经，一生也没有放下。"这是他的墓志铭。

另一张照片是一个标致的男人，像老年的法国影星阿兰·德隆。"我出生在天空下，在阳光和雨水里生活，闻到麦香。如今与天空只隔薄薄的一层土。"

整洁的老妇人像。"我不过是一株草，幸好遇到了爱情。爱是我在世上活过的唯一痕迹。"

四十多岁的男人，卷发堆满头上。"我既不知开始，也不知结束。人生只比一场电影长一些，多数人都没有合乎逻辑的结局。"

十多岁的男孩子。"让我在阳光中与兄弟们一起唱歌。"

这人的照片是一个剪影。墓志铭刻着保罗·策兰的诗——"你躺在你的身体之外，而在你的身体之上，躺着你的命运。"

一个黑人的墓志铭："我害怕睡过去醒不来、害怕睡不着、害怕孩子们想我、害怕下雨、害怕鬼魂、害怕见不到天上的月亮。"

中国男孩子读到这里，女孩子扎进他怀里，双手把着他的肩哭起来。女孩子的肩胛骨随着哭声起伏。

　　这是六月，树荫之外的阳光刺眼。有个女人急匆匆跑过来，手里拿着喷壶。她一边浇墓前的花，一边看表。一个身体臃肿的老太太抱着墓碑，闭眼斜靠在碑上。中国的男孩子为女孩子擦眼泪。他们感受到了死亡的可怕，爱情被无常拆散的可怕，在墓地里睡不醒和睡不着的可怕。男孩子的脸吓白了。他们走出墓园，不一会儿，传来他俩嘻哈打闹的声音。

雅歌六章

一

山坡上，有一棵孤独的高粱，它的身边什么也没有，山坡的后面是几团秋云。高粱脚下的芟迹证明，伙伴们被农人割下，用牲口运走了。

那么，农人你为什么留下这一棵高粱？这是善良抑或是残酷，说不清。

高粱很高，兀自站在秋天的田野，样子也高傲。它的叶子像折纸一样自半腰垂下来，又如披挂罗带的古人。叶子在风中哗哗商量不定。我想它可能是一位高粱王。

山坡下面是一条公路，班车不时开过。这是高粱常常能看到的景物。看这样的景物有什么用呢？对高粱来说，此刻它最喜欢躺在场院里了。

观看一棵孤独的高粱，能真切地看出高粱的模样。我站在它身旁，拉着它腰间的叶子握了握，想到它的主人，那个割地的农人。

我手握着这棵高粱向山下看，如同执红缨枪的士兵。撒开的时候，心情有一种异样，怕它跌倒，但它仍站立着，很奇怪。

我连连回头，下山了。

几年后的一日，下午闲坐，忽然想起这棵高粱。急欲买车票去看它，并为此焦躁。像这样一件奇异的事情，我怎么能够才想起来呢？那一年的冬天，北风或飘雪的日子，高粱不知怎么样了，这确实是一种后话。

我想，我若是一个有钱的雕塑家，就在路旁买下一块地，什么也不种，只雕塑一棵兀立的高粱。不久，就会有许多人来观看。

二

我希望有机会表达一个愿望，然而这愿望很快被忘记了。今天的路上，我想起了它，并因此高兴。

赞美公鸡。

我很久没有见过鸡了，城里不许养鸡，菜市场一排排倒悬的白条鸡，不是我想看的那种。

古人愿意为世间万物诠释，即哲学所谓"概括"，并找出它们与人之间的联系。他们说，鸡有四德：守信，清晨报晓；斗勇，铩羽相拼；友爱，保护同类；华饰，通体漂亮。

我妻子属鸡，在本命年时，我把"鸡之四德"抄下送她。她除了"斗勇"一条之外，其他"三德"兼备，加上家政勤勉，也凑成"四德"。

我猜想"四德"的撰者在赞美公鸡而非母鸡。那么我再为它添上"一德"：好色，妻妾成群。

我原来漠然于公鸡的存在。小时候，尤戒惧于邻家篱笆上以一只瞎眼睥睨我的公鸡，它常不期然扑来啄我。

后来我暗暗佩服上了公鸡。

公鸡永远高昂着头，即使在人的面前也如此，脸庞醉红，戴着鲜艳的冠子，一副王侯之相。它在观察时极郑重，颈子一顿一挫，也是大人物做派。公鸡走路是真正的开步走，像舞台上的京剧演员，抬腿，落下，一板一眼，仿佛在检阅什么。当四野无物时，公鸡也这么郑重，此为慎独。

说到公鸡羽毛的漂亮，更为人所共知。"流光溢彩"这个成语可为其写照。尤其是尾羽，高高耸起又曼妙垂下，在阳光下，色彩交织，不啻一幅激光防伪商标，证明是一只真公鸡。

公鸡身边环绕四五只母鸡乃寻常事。它只要雄赳赳走来，自然降服了母鸡的芳心，用不着像男人那样低三下四地求爱，这还不一定成功。

当然公鸡也有缺点，鸡无完鸡。做爱前，它将头垂在地面，张着双翅，爪子细碎踏动，喉咙里杂音吞咽。我不忍睹，肉麻。

前年我去新宾，见到了一只美丽的大公鸡。新宾是努尔哈赤的故乡，风情迥异别处，大气苍茫。那里，山势龙形疾走，山下河水盘绕而过，水质清且浅兮。人们的相貌多具满洲人的特点：宽脸盘，红润健康。

我在集市上发现了一只大公鸡，漂亮极了，体形也大于同类，羽毛霞映。我真想买下来，但不知怎样处理。我身担公干，而且涉及警务，不宜抱着这样一只美丽的公鸡拜谒长官，回到家里也不易抚养。

这公鸡无惧色地看着我，颔下的红肉坠一颤一颤。高贵呀，同志们！这是一只高贵的公鸡。

估计此鸡早已入镬。主人远它而去，不是嫉妒其贵族气质，而在于它不下蛋。人类对于鸡类的逻辑是重女轻男。

三

我喜欢这样的句子："四个四重奏"。

我希望在交织与错落中完成一种美。

比如，我愿意有一幅与喜鹊们合影的照片。在我看来，光是一个"鹊"字就比"雀"字高级，如同"雁"比"燕"辽远一样。

在这样的情境中，我希望用"合成"来表达这种需要。不仅与喜鹊们合影，又同它们"合成"一种意蕴。

在月台上，我等待一位久久未归的友人时，希望身旁有两只喜鹊。它们站在我脚下，或在离我不远的树上都行，构成同一画面。为了热肠的感觉，我膝下要有一只黄狗，它的嘴与眼俱黑，蹲在暮色的月台上。

就这样，我渴慕喜鹊。

曹孟德苍凉吟道："月明星稀，乌鹊南飞。绕树三匝，何枝可依？"诗好，但我对用"乌"来状鹊有些不满。

我喜欢过比亚兹莱黑白画的装饰味道。此刻知道，喜鹊才是高超的黑白版画。

在克什克腾，目睹喜鹊在枝上落下，无疑属于吉兆，喜鹊的尾巴像燕尾服一样，在枝上翘了几翘，优雅。

美丽的喜鹊，版画的喜鹊，我们来合一个影吧！我已厌倦了人与人之间站立一排、咧着大嘴的合影。

四

西班牙音乐中的响板。

安德捷斯用吉他弹的《悲伤的西班牙》，旋律深情婉转，旋律线下行并顿挫，拉丁风格往往戛然而止，女人骤展裙裾，男子转腰亮相。令人想起他们对于古罗马雕塑的景仰。

在这首曲子中，两段之间的过渡是一串响板，嗒哒啦嗒。最后的一个"嗒"音，如静夜醒板，似画龙点睛，没有它是万万不能的。

嗒哒啦嗒，旋律再次演奏。

我反复听这首曲子，是为了与这一声响板遭逢。佛家所谓"醒板"，是为了使人开悟。我悟了，嗒哒啦嗒。

五

三相是我朋友，他是北京人，祖父和父亲都是名医，后来蛰居小城。

三相漂亮，脸膛白里透着浅红，黄而略灰的瞳孔散发着俄罗斯式的热情与豪放。当然，他是北京人。

我们小时候在一起玩过，交情却不深。后来他喜欢上我了，其中原因我不清楚。他很纯洁，而我孤独。一般地说，人们不喜欢我。

这其中有一个原因在于，三相是聋人。他小时候，常用弹弓射击燕子。他奶奶告诫过他，不能打燕子，不然有灾。但三相还是把屋檐下的燕子打下来了。

"这是母燕子。"他对我说。母燕的遗骸在手上微温，羽毛的黑色里闪着异样的绿宝石般的光彩。

后来他聋了，说是游泳时耳朵进了水。这病连他爷爷都没给治好。

三相聋了之后，很少跟别人交流，因而他奇迹般地保留了北京口音。在我们那里，说普通话是受人讥笑的事情。然而，三相耳朵听不到别人的声音，依然满口京腔。

三相因为聋了，依然保持着儿时的语言系统，他不会骂人，因为他没听过骂人的话。我们说"果家"，他说"国家"；我们说"三卯"，他说"三毛"。我们很佩服他。

在冬天，我和妻子迎他进门，他从颈上绕着摘下紫红的围巾，那双黄而略灰的眼睛炯炯闪烁，讲述他关心的事情。

三相跑得极快。在学校的运动会上，他听不到发令枪声，看到别人跑出去之后再跃出，往往跑到第二名。

我搬家的时候，好多家具都处理了，但我没舍得那个书橱，这是三相打的。长大后，三相是一个木匠，我在大雨天推回这个书橱。它至今仍在我的房子里，成了女儿的书橱。

我希望三相到来，说一口北京话，眼睛炯炯有神。但是，到哪里去找他呢？

三相姓张，其兄为大相与二相。他姐二朵，是我姐塔娜的朋友。他小弟四相，堂弟五相。

六

我居所邻近有一所小学。

每天上午九点半或下午三点，孩子们从教室拥出游戏，我的耳边便灌满欢呼。

在这片欢愉的声浪里，许多声音汇在一起而变为"啊"的潮音，偶尔有一两声尖叫，也是由于喜悦而引起的。

孩子们必在校园里奔跑环绕，他们不吝惜使自己的声音放肆而出，感染着街市，感染着像我这样坐在屋里的人。

果　实

把自己甜死的甘蔗

　　我觉得甘蔗是极为离奇的植物，人如果不把它砍下来，它会把自己甜死。嚼甘蔗时，我一边嚼一边想：这么甜，甘蔗怎么受得了。真甜，太甜了！甘蔗早晚能把自己"甜死"。

　　"甜死"是怎么"死"的？首先是舌头因狂喜而麻木死掉了，然后是主管嗅觉的中枢神经被源源不断的甜给甜死了。这里说的是人，而甘蔗作为植物，我认为它承受不了这么多的糖分。甘蔗的糖是单糖，热量太大，不跑马拉松是消耗不掉这么多糖。况且——我稍微卖弄一下——甘蔗只有皮和瓤，而没有肝脏。这就很成问题，没肝脏，就没一个化工车间把这些糖分解成葡萄糖或脂肪储存起来，也没有肾脏把糖尿出去。你不断在甜，你甜无止境，这怎么能行呢？甘蔗没有肝脏，是造物主的疏忽。当然植物们都没有肝脏，正如动物们不会通过叶绿素吃太阳的饭，但其他植物也没甘蔗这么甜。

　　甜大劲儿了是什么样？就像甘蔗这样，脸憋得紫红（没肝脏代谢），如同喝大酒的人一样。脸紫红且不说，甘蔗把自己甜得身披白霜，这是甜得没法再甜的征象。在南方，我看到卖甘蔗的就赶紧买一节嚼一嚼，让糖分进我肚子里待一会儿，否则糖会在甘蔗肚子里甜爆炸了。

小时候，我唯一的梦想是天天遇到甜。那时候没听过世上还有甘蔗，但知世上有糖块。正是糖让我感到世界的神奇。神奇，说的是世上有房子、有树、有土、有大人和小孩，但他们都不甜。我吃到糖后才感到世界的化学性和神奇性，一块黑不溜秋的结晶体在嘴里，让它在牙齿间叽里咯啷地翻身，我却欢欣鼓舞，觉着人活着真没白活。甜是什么？是热烈到死的密集话语，是稠密的湖水，是欲罢不能，是舌尖上的歌声，是生活的赞美诗，是味蕾的大合唱，是口腔的弥撒曲，是舍我其谁，是不知有汉，是玻璃纸里包裹的理想，是装在兜里握在手里的快慰。小时候，衣袋里有糖的孩子谁不快慰？吃进去是嘴里甜过，握手里是早晚要甜。

那时候，如知世上竟有甘蔗，赴汤蹈火亦要取之。人生立志，当什么杨柳松柏？毋宁当一株甘蔗，不管其他，先甜起来看。

人长大竟无趣了，无趣之一是不再崇拜甘蔗。见了甘蔗不景仰，不咽口水，不开口大嚼，此曰无趣。连甘蔗都吸引不了你，还有什么能吸引你？钱？是的，钱了不起，但钱甜吗？钱会造出甜但也造成苦，钱能放进嘴里嚼出甜水吗？人在兜里揣着整齐的钱，莫如在怀里揣一节甘蔗。别人问是什么，你可以说是金箍棒。到无人地带，你可以掏出甘蔗咔咔嚼之，甜水如河流灌溉你的胃与心肠。那一阵儿，你可能会放弃一些无趣的人生规划。总之，你会变成一个跟甜有关的人。

牛、羊、虫、鸟不吃甘蔗，甘蔗的甜在于它和人的缘分。它为了人甜——姑且这么说吧，否则它为谁甜呢？它长在土里，它差一点就长成糖块了。

甘蔗真是个好植物，每一株甘蔗都应该佩戴一朵大红花。

月夜，到甘蔗林里，听一听甘蔗在说什么话，听听落在甘蔗身上的小虫子说什么话。月光在甘蔗身上照不了多久就变成了霜，甜得受不了哇！夜啼的鸟儿在空中兜圈子，呼唤"甘啊、蔗甘"。鸟儿被甜晕了，把甘蔗说成了蔗甘。仅仅是甜，就可以改变许多事情。

正像人有偶像，香蕉、苹果、鸭梨的偶像是甘蔗。甘蔗虽然不圆，不挂于枝头，但甜得心满意足，让水果们佩服得五体投地。

桃　子

没见过哪一种水果像桃子这么性感，这么鲜艳欲滴，像是一个人——显然是成熟的女人在哈哈大笑。她的笑声停不下来，颤抖中充满了甜蜜。

我吃桃子没有一口气吃下去的习惯，先看一看它怎么回事。孙悟空为什么喜欢吃桃而不是火腿肠。桃子头顶的红晕证明它此刻正在晕眩中，不知道为什么被人摘下来运到这里，更不知道有人要吃它，否则就要生白晕而非红晕。

熟透的桃子像一位穿游泳衣的女人——又是女人——湿漉漉地站在池边。泳衣是由于丰满而非下水弄湿的。秋天里，所有的水果都在成熟，只有石榴和桃的样子在说自己熟透了。石榴熟透由牙齿暴露。古语称：笑不露齿。石榴把这话听反了，让牙跑出来笑，表明成熟在它身体里的震感比地震还强烈。桃子抿嘴笑，满面腮红。桃子的笑容和它甜美的滋味同出一辙。人吃桃无一不被汤汁弄得败下阵来，和吃柿子败下阵来相仿佛。吃桃的时候，桃的衣服一捏就下来——这一点和女人毫无相同之处——于是手无处可放。光溜溜的桃肉根本捏不住。双手捧桃像猴，好像唯独他一人没进化到位。人捏着弄着吃这个桃，汤汁沾腮，如儿童一般。桃肉不像苹果那么严谨，吃一块是一块。桃不论块，论堆。咬下这堆桃肉却有丝络牵连，汁水四溅。桃衣早已一脱到底。它不像西瓜皮以一公分的厚度管理汤汁外泄。桃把人吃得有一点点狼狈，像日本人那样越来越哈腰，吃完赶忙擦腮帮子，狐疑俯瞰衣襟左右是否沾上绯迹。

桃欢乐，人吃桃从头到尾这套动作，显示着桃的欢乐。桃子有一点恶作剧，有一点大咧咧，但甜美。桃子的祖传家训乃是甜美，用不着转基因再甜美。什么人就是什么人，三岁看老包括桃，岂有他哉。桃子不哭泣，下雨天挂在枝头的桃子也像游完泳的孩子一样欢笑。世上有人哭就有人笑，命运分配给桃子的任务是笑，那就笑吧。哈哈哈！哈哈哈哈！哭不缺少理由，就像笑不需要理由，哈哈哈，我看见桃子就想笑，日本品种的久保桃在中国变成了九宝桃，哈哈哈！我奇怪卖桃人守着喜笑颜开的桃为什么不笑呢？要等到电视里的春晚语言类节目上场才笑吗？中国并没有加入废除死刑的国际公约，为什么舍不得"枪毙"春节晚会最不可笑的相声小品呢？

很久以来，人类开始鄙视自身的胖。桃不然，无桃不胖。桃明白，牛胖了被宰，牛如果瘦成一条蛇更容易被宰。桃不想像核桃那样用皱纹伪装聪明，核桃如果聪明就不应该香脆而应该像杏仁那样苦。核桃仁的形状尽管像人的大脑但它一秒钟也没思考过。木瓜虽然像人的乳房却一滴乳汁也挤不出来，茄子更挤不出来。

桃给世界带来了什么？甜美的果肉，笑，还有桃花。桃花绯红，如同春天里落地的粉红轻云，十分适合釉上彩。桃花落在渠水里惹人怜惜，桃花落在驿道让人伤别，桃花被风吹到春天的粪堆上宛如命运不公，好像比苹果花吹到粪堆上还不公。可见桃子在桃花时代就引人注目。人类早就用桃花阐释命运。算起来，桃花运不算什么好运，逃离桃花才转好。陶渊明说的那位打鱼人"忽逢桃花林，夹岸数百步，中无杂树，芳草鲜美，落英缤纷"。这片林子走完了，"便得一山，山有小口，仿佛若有光，便舍船从口人"。是说，世外桃源原本跟桃花林没关系，跟"山有小口"有关，是两地方。打鱼人从小口进入村里，见屋舍俨然，阡陌交通，此文没再提桃花的事。

葡　萄　园

栽种葡萄的人双手伸向葡萄，像给产妇接生。他踩在高高的凳子上，手上的静脉隆曲，像通向葡萄身上的细小的河流。

这双手被阳光晒得褐红。手伸向葡萄时，人觉得他的手的内部不再是骨头，而有葡萄嫩绿的肉和汁液。手把汁液输给了葡萄，或者葡萄把肉和汁水输进了他手掌。

每一串葡萄都是倒悬、甜蜜的金字塔，我喜欢看小孩把葡萄摘下丢入（不是送进）嘴里。他们一定嫌自己的嘴小，不然可以一下丢入二十粒。甜在孩子们的舌面上泛滥成灾。

是谁让葡萄长成倒悬的金字塔？葡萄粒的排列好像包含着深奥的数学道理，这个道理只能来自阳光。我们仅感到阳光的温暖与酷热——这是就它辐射的红与紫外线而言，人类还没从皮肤上领悟阳光所包含的甜（糖）的道理、让青草变绿以及让花变红的道理，更不了解阳光里面代数与几何学的道理。人类没有阳光的解码器。

我不只一次想到，葡萄就是精灵，它比山楂和枣都像水果王国的精灵。它们水晶般的紫，如绿玉蒙一层白霜。它们一粒又一粒挤在一起，如看戏的黔东南妇女。它们没有枝，只有藤。透露它的精灵底细的是酿酒，如特朗斯特罗姆所说——一瓶才华横溢的白兰地。

葡萄酒何止才华横溢，它像丝绸一般流淌，像栗子一样暴躁，像诗歌那样彼岸，像密探一样难以捉摸。红酒，是葡萄的转世灵童。葡萄里的阳光在酒里变成月光，完成了中医师常说的阴阳转化。葡萄的须如蛇吐出绿色的信子。葡萄，谁说你不是精灵。《西游记》里为什么没写一个葡萄精呢？这是吴承恩的失误。

人说，葡萄不仅吸纳了天空泻下的阳光，还吸纳了更神秘的从海平面反射过来的阳光，后者把葡萄粒的底部催熟。如眼珠一般的葡萄肉透过紫色的胞衣看太阳，看它从东方升起，变为傍晚的夕阳。葡萄觉得太阳是一粒起火的葡萄，它的上升、降落不过是为了与葡萄对视。

雨后出现月亮的夜晚，葡萄在宽大的叶子下偷偷发光，那是雨水流过时葡萄粒在眨眼。秋天，葡萄的白霜上留下人的指纹。在安塔卢西亚收获葡萄的季节，酿酒厂的工人在大池子里赤脚踩踏葡萄，稀烂的紫色汁液沉没他们的双脚。他们的脚多快乐、多罪恶，脚因为没有舌头而遗憾。最高兴的是那些儿童，他们光着身子在葡萄汁肉里奔跑、打闹、尖叫，被别的孩子推倒在紫色汁的海洋里。人间的享受数不完。

　　种葡萄的人只知道世上一样东西——葡萄。他们看葡萄、拎着葡萄、用手托着葡萄，葡萄里藏着他们的口水。他们把葡萄皮像小帽子那样包在手指上，他们的脸最后像葡萄干那样起皱，还是没明白葡萄到底是什么。它们为什么甜？为什么一粒挨着一粒？为什么是倒悬的金字塔？为什么酿成才华横溢的酒？……

美丽的葡萄

"葡萄。"我爸说,然后摘下一粒放在嘴里咀嚼。

我和姐姐甚至没听清,什么桃?也摘一粒放在嘴里。等我们把这种酸甜莫名的多汁之物咽进肚里后,我爸把葡萄皮吐出来。

"吃葡萄要把皮吐出来。"他意味深长地看我一眼,又说,"籽也要吐出来。"

我根本没感觉出它还有皮和籽,而诧异于我爸能够弄来这么奇特的东西。一粒粒紧密地挨着,像把鱼尿泡系在了一起。如果他不说能吃,我以为这是一个摆设之物,工艺品。

"这叫什么?"我扭捏地又问一遍。

"葡萄。"我爸说。

"在哪弄的?"我不知这是他制造或怎么弄出来的。

"买的。"

世上还有卖葡萄的?我从未听说过这件事,也就是说这么好的一件事始终瞒着我在人间发生。

　　葡萄，我默念着这个古怪的名字，吃葡萄的速度已越来越快，引起我姐的抗议。她说刚刚吃一粒，我已吃两粒甚至三粒了。葡萄，我管不了那么多，这个词在脑子里此起彼伏地发出声音。而且，这不能怪我，葡萄到了嘴里之后，自动冲进嗓子眼；它们挣脱了咀嚼，争先恐后钻进肚子里，和我有什么关系？

　　我听说葡萄是冯阿訇所卖时，更惊讶了。冯阿訇住在我们去剧院那条路的边上，胡须银白，脸色干净，向每一个路过的人亲切地打招呼。他家里有葡萄，这就不奇怪了。

　　当最后一粒葡萄丢进嘴里后，我以极大的毅力把它取出来，放在桌上研究。剥去它的紫衣服，它像雨衣一样光滑。里面的果肉像模模糊糊的绿玻璃球，镶嵌着纵横脉络，籽儿坐在当中，这就是葡萄。但为什么这样就不清楚了，也许冯阿訇知道。它很软，不像苹果或土豆那样脆或喧，咬一下也没有咬梨的"咔嚓"声。

　　葡萄，那时我会不自觉地吐出这个词，像打嗝一样，像金鱼在水面吐出的气泡。

　　有一天，我终于下决心去拜访冯阿訇，这距我吃葡萄已逾半年多了。我记得他永远站在菜园对面的高门楼下，衣衫干净，笑着跟人打招呼，嘴唇红润。到了之后，却没见到阿訇。我来回走了几遍，见不到他出来。事实上，那一条街都没有人。肥硕的白菜望不到边，蝴蝶追逐着渠水飞向远方。冯阿訇的家，院门紧闭，里面是树与飞檐的青砖瓦房。我只好回去。

　　葡萄的事情刚刚被忘记，我和父母上街，不期然见到了冯阿訇。我挣脱母亲的手，飞跑到冯阿訇面前，敬一个礼，说："阿訇，您好！"

冯阿訇被突如其来的礼遇感动了，父母对我的行为也满意。阿訇问："几岁了，学习好吗？"这些问题，我不言语，全由父母作答。

"走吧，"母亲说，又向阿訇解释，"我们上街。"

"好，好！"阿訇说。

"不！"这是我在心里说的，我紧握着阿訇的手不动，在心里说，"你们上街吧，快走，走得越快越好。"

父母见我不走，有些尴尬。他们觉得我平时并不是这样，说："走啊。"

"不！"我开口告诉他们。

阿訇笑了，用慈蔼的眼光征询他们的意见。

"走啊！"我爸几乎要发火了。

"快走啊！"我姐很急躁，她要为"六一"买一条裙子。

"不！"我紧紧握住阿訇的手。

我爸谦卑地向阿訇笑一下，说："阿訇，这孩子没礼貌。"

阿訇说："很好啊。"

我爸把我的手拽开，夹在肋下上路。我不禁涕泣，双脚踢蹬，把一只鞋子甩到渠水里，另一只甩到白菜地深处。我姐姐不得不下水并猫腰在菜地里寻找。

那天，他们疑惑不已，互相探讨"这孩子到底怎么啦？"而我，拒绝了他们给我的买小人书、山楂冰棍以及上公园看熊等所有诱惑，心里只有美丽的葡萄园。

蜜的秘密

　　我们在花里看到的是花瓣，是美人意态和飘零。蜜蜂在花里看到了蜜。

　　蜜在哪里？

　　娇嫩的花蕊生在花的中心，像蛇信子，像微形豆芽，像海洋生物的手足。哪里有蜜？花蕊的冠上有一点点花粉，这是蜜源。世上所有的蜜都来自如此稀少的花粉，蜜蜂把它们酿成蜜。

　　人在世上浑浑噩噩几十年，不明白的事情太多了。比如曾经吃过蜜，却说不清什么是蜜。

　　蜜何止于甜？它是成分复杂的能量，也是生物体。蜜纯净如琥珀。我宁愿把琥珀看作是远古蜂蜜的结晶，我希望它是蜜的化石，切成一个戒指面戴在手上。蜜抱着手指睡觉，手隔着银子甜。

　　蜜的汉语发音轻柔甜美，吵架时用不上这个词。你蜜，听上去不狠。

蜜是世间最神秘的东西之一，它不同于纯朴的粮食，要去壳碾压，要煮熟果腹。蜜从蜜蜂（的嘴里、肚子里，哪里不清楚）那里到人口中，融化了一个甜的秘密。它和舌头如同情人一般相遇并相爱，缠绵不已。蜜在前生前世就知道人想蜜，知道舌爱蜜，最神奇的是蜜蜂知道蜜在哪里，只有蜜蜂知道花里有蜜。

花多干净。我们以为花仅仅负责人间的美，人把花的图案印在布上，雕成花放在房檐上，故宫影壁墙上刻着琉璃的荷花。花迎风摇摆，一如有情；花临水揽照，一如幽怨。花不语，人却从花容里分明看出了笑容，而花竟是蜜蜂的粮仓。蜜蜂没吃掉花、没嚼碎花却采到了蜜，蜜蜂从美里找到了粮食。

对人来说，蜂蜜提供热量、愈合创面、止痒、解毒、甜。对蜜蜂来说，所谓蜜是它一生的事业和负累。除了采蜜，蜜蜂什么也不会干，不会打猎，不会吃草。可是，会采蜜的生物什么也不需要干了，采蜜已近于天使，无须会其他技能。

在蜜蜂面前，我每每自惭形秽，我会的手艺虽多，肚子里却没有一滴蜜。我也没见过其他肚子里有蜜的人。所谓甜言蜜语都是干坏事之前的铺垫，肚子里也没蜜。即使蜜蜂像法国地铁工人一样罢工，不再酿蜜，它的形态也令人敬重。金黄色带黑条纹的肚子有一些豹的不羁，又生出透明的翅膀，上有河流般的网格。翅膀是蜜蜂的代步工具。它如此辛劳，上帝让它再辛劳一些，给它安了个翅膀。众所周知，长翅膀的生物没有哪个懒惰，不停地飞啊飞。人的懒，原因之一是没翅膀。人若插翅，会加速户籍制度的灭亡，不亡也无用，人已飞了。海关的设立、边检站的设立、护照、飞机、汽车乃至婚姻制度的存在，皆因人无翅膀。有翅之人还坐什么飞机？办什么护照？结什么婚？打一圈麻将的时光，人已飞出好几个县，就算胖人，也飞出好几个村子了。借别人钱的人，永远不用还，一飞了之。人长了翅膀，无须买房，谁家房子好，上他家房檐住去。唯人心念太多太杂，上帝不让人长翅膀，让人膜拜车和房，让他们认为刘翔跑得很快。

蜜蜂像手脚沾着面粉的女人，沾的却是花粉。它们说不出话，用翅膀代替嗓子，嗡——蜜蜂一辈子只发这一个音。别人以为它还接着发——嘛、尼、叭、咪、虹。蜜蜂止语，只嗡，嗡的意思是热闹，热热闹闹，办采蜜这么大一件事，不可能一点声音都没有。蜜蜂带着它的花肚子，藏着它的暗刺，翅膀扇出人之视网膜识别不出的频率，在花丛蹀躞徘徊。

人在槐花里待一天能让香味熏死，蜜蜂却清醒。那些枣花、荞麦花、苹果花、黑莓花，是蜜蜂一生的工作车间。它在花里度过匆匆忙忙的一生，它知道花瓣的质地、花蕊的弹力、露水的深度，它手脚并用搬回来蜜。蜜蜂用太阳光照的夹角计算自己的路程，它从带白绒的叶子上听到植物的呼吸。

蜜的秘密无人知晓，人们吃掉蜜忘记蜜的味道。除了吃喝玩乐，人会忘记一切。蜜蜂在劳动中、飞翔中、睡梦中忘不了蜜，它把蜜安放在蜜的位置。它继续飞，风告诉它花的位置，太阳与它复眼的夹角告诉它返程的路线，蜜蜂嗡遍了天涯海角。

资讯说，农药，特别是除草剂已让蜜蜂越来越少，蜂类无法抵御化学制剂的杀伤力。资讯说，移动电话的基站让蜜蜂的巡航系统失灵，蜜蜂找不到回家的路而死在尘土里。

　　人说，蜜蜂死了，人就吃不到蜂蜜了。实际上，现在没几个人吃过真正的蜂蜜。蜜蜂并不为让人吃到蜂蜜而活着，正如它们没想到自己会因为农药和移动电话基站而死。连续三年，我家门口小花园的蜜蜂一年比一年少，世间将失去这样一种美丽的、无害的、会制造甜蜜的小精灵了。孩子们将在课本里像认知恐龙一样认知蜜蜂，好像它是三国人物。

核　桃

　　核桃，也许在石器时代就成了人类的食物。先人里头最没能耐那位弱者——打猎不行、奔跑擒羚羊也不行——试着用石斧砸开了核桃，取其仁而食之。人类从早期至今，见什么东西都想吃一下。饥饿基因深刻地镶嵌在我们的大脑沟田里。这位祖宗弱者从核桃仁里吃到了甘美，虽然他不懂他吃到的是植物蛋白质，对继续进化大有裨益。其仁既解饿，又好吃，还打猎干啥？那时候，强壮的原始人约有80%在狩猎中被野兽所猎，成为动物们腹中的动物蛋白质。残存的20%，一半跑得快，边跑边跨越溪流树丛——如今刘翔身上还有他们的影子。刘翔比赛时表情之凶狠，透露出追狼的勇猛和被狼追的绝望。另一半人上树了。我在海南看人嗖嗖上树，就想起我们的先人当年被野猪追赶时的敏捷。这两批人后来发展壮大，规模达到六十亿，多数不善奔跑更不会上树，而改上网了，他们的大脑中仍保留着饥饿的记忆。此记忆最鲜明者多数是胖子。因此，胖子们并非由懒或贪吃所造就，是人类集体无意识当中没被删除的饥饿记忆扭曲了他们的臂膀与腰肢。如果，人类很早就吃核桃，核桃树林遍布全球，冬夏全结核桃，人比现在聪明不说还很瘦，体形如黄鼬那么苗条喜人。

最早吃到核桃仁的先辈是洪福齐天的幸运者，之前好多位探索者刚吃到核桃皮人就不行了。核桃皮有毒性，彼时李时珍未诞生，没人指导他们服解毒药，他们于核桃树下倒毙，死了不少人。这些死者以为核桃是桃（确实是桃），把核桃皮当桃肉吃而致身亡。后来那位手持石斧的弱者出现了，他把别人丢弃的杏核、桃核、橄榄核砸碎食仁，见了核桃也如法炮制，为人类开辟一个食物新天地。公平地说，核桃应以他的名字命名，但原始人无名更无姓，彼此称呼为"呜"，翻译过了是"他"。他们且不具备"我"的概念，不知我在哪里，也不需要向别人指出"我"，故无名。汉语里的核桃即胡桃，与胡琴、胡马、胡辣汤一样从西域传来，叫白了，曰核桃。胡字发音噘口呼，南方人发不出这个音，说出来如"扶"。而核音是开口呼，南北人发音皆宜，便核了。在古音中，胡与核是一个音，怎么读都对。如今的麻将战中，和了即读胡了。北京人管果核叫果胡。"街，界，接"与"该，盖，改"的发音都可以串通，汉人在明代之后的口语才有"解，节，姐"的读音。

先辈吃了核桃仁，精力倍增。本草称此物健脑、壮筋骨。此人吃吃吃，比打猎的人还有劲，挥舞石斧专门上树找果破其核吃，最后也被某果仁毒死，不是所有的果仁都健脑。他去世之后，同伴举起他那只划时代的石斧，只砸核桃吃。中间也砸过狼粪球、屎壳郎，见其无仁则不食。仁者爱人这句话里有好几层意思，其中一层是果仁对人类具有哺育之功。但算起来，能吃的果仁就那么几种，核桃仁、杏仁，入药的有桃仁、酸枣仁。石斧并没发现更多的仁。

　　说吃核桃仁健脑完全是李时珍的附会。李时珍所纂《本草纲目》时还没接触到现代植物学与药理学。他说把吊死人的上吊绳烧成灰可治癫症即出乎一种臆想。鲁迅在《呐喊·自序》写入药的虫子要公母成对的就是对某些虚妄的中医的贬斥。中医学与中药学是不同的领域，许多人不信中医也是因为不信中药，其实它们是两个有联系的不同领域。核桃仁像人的大脑（也像猴的大脑），但不等于它能健脑。美国加州大学伯克利分校出过许多位诺奖获得者，都不是吃核桃仁、喝核桃水修成的正果。如果他们吃过核桃，也与没得诺奖的人吃得一样多而不是更多。中药药理更多强调核桃仁强壮筋骨，然而说到底它只是植物蛋白的一种，可食而已。另外，核桃仁与大脑形态相似并不好证实。人们只在书本的人体解剖图上看到大脑的样子，似核桃仁又似一堆肠子盘在脑子里。现实中谁见过人类的大脑？除医学生上解剖课，别人没个机会也不必有这种经历。枪毙人的人见到的人脑子也是一堆白浆子，哪里像核桃，李时珍从哪儿得到的这个印象呢？除非他活吃过猴脑，那是最残忍愚昧的吃法。

苹　果

　　那天我走在街上，水果店的卷帘铝门"咔、咔"被拉起来，让我看到了一个美满的世界：灯光下，黄的杧果、红的西红柿、绿西瓜和大白梨摆成一个个斜坡，像提醒人们别忘了世上如此多鲜艳的色彩。我进去逛了逛，检阅这里的新疆枣干、鱼雷式的榴梿和伊朗椰枣。我看到胡乱写在纸壳上的"伊朗椰枣"几个字，无由想起"一千零一夜"的故事，觉得有一种水果应该叫"阿拉伯神灯"才好。我看到挤在一起的苹果，突然感到苹果们好像是一群客人。我的意思说，它们不像是食物，像一群兄弟，刚刚醒过来，脸上带着回忆的表情。

　　我拿起一个苹果，看哪边是苹果的脸。员工喊：不许挑。我哪里在挑，我在想苹果在想什么。苹果，盘子里、桌子上、网兜里的苹果都像客人，平和圆满，带着正派的鲜艳与富足。苹果安详，它的笑意在脸上转了一个圈。还可以想象，柚子是厚皮大象，西瓜是农夫，栗子是蚕蛹的堂兄弟。

有表情的苹果可能在回忆着树上的事情。月夜，苹果从枝头看见露珠的光亮，月光照着苹果没被晒红的另一边。结苹果的果树显得比其他树更富有。假如树会走动，松树和杨树都要走进果园参观结苹果的是什么树，这是树里的奇迹。松树猜想苹果有没有松香的味道，所有的树都有一个愿望：吃苹果。它们想知道苹果是什么味，有没有土和木头的味，而苹果树缄默微笑。假如告诉树们，苹果香甜，它们会更疑惑：苹果树从哪里找到的甜，难道土里有甜吗？

苹果的笑容从红的那一天开始一点点加深。秋天，从哪一个角度看它都是热烈的笑脸。我看到苹果就想起"满足"这两个字。苹果满足什么呢？它好像比其他水果心里都有数，不像柿子一肚子稀粥。山楂红得过分且很酸，苹果一心一意的甜。

我在农村看守果园，后半夜总像听到笑声，不是风吹树叶的声，也没有下雨，月亮也没出声。笑声更不像偷苹果人发出的，他们笑也要回家笑。我背着那杆没枪砂也没火药的鸟铳巡视，果园很安静。回到窝棚躺下，笑声又隐约传来，像有人讲故事把小女孩逗笑了，又像儿童下五子棋下高兴了。现在想，这该是苹果的笑声，它们个个有那么圆的笑脸，怎么会没有笑声呢？

桑 椹

　　早上的风吹过桑树，桑叶沙沙作响，好像树上藏着好几百只蚕。桑叶翻转叶子，像两个人跳舞，女伴钻过与男伴拉手形成的拱门。叶子快要飞出去时，被叶柄拉回来，就像男伴用手把女伴拉回来。桑叶上没有蚕。桑叶跳舞的时候，蚕还在蚕房里睡觉。

　　我几乎不愿把蚕当成虫子看，虽然它哪儿都像虫子，但它更像蚕。我见过的蚕比虫子们扭捏，这不因它有一些胖，虫子们都胖。蚕为着什么而扭捏呢？我想象所有的蚕身上都穿一件透明的、剪裁得体的丝绸睡衣，雍容地爬行。其实不能够叫睡衣，睡衣露不出蚕的一系列的脚，它只是披在蚕背上的一条披巾，光滑冰凉，没有皱折。蚕的披巾是质量最好的丝绸，好到什么程度只有蚕知道。

　　黎明时分，天空掀开夜的黑毡子，剩下一层蓝冰似的曙色，星星是蓝冰上的铜钉。冰随着天亮一点点化了，蓝色一点点衰减，只剩下白。天空在白天并不白，它蓝，只有在黎明前的片刻是白的，天空紧接着会掺入朝霞的红色、橘色或什么色。天空在黎明前发呆的片刻，桑树的树干像天空一样白。那时候，我在新疆，我在内陆时间的五点钟起床跑步，喀什噶尔的夜比黑毛驴还要黑，跑着跑着，天亮了。天亮之前先有沙枣花的香味被风吹过来，这种香意味沉迷，天竟被如此浓烈的花香给熏亮了。星星、月亮、太阳、镰刀、羹匙、门环和茶杯都会被沙枣花熏得亮光闪闪。喀什的天亮跟我跑步可能也有一点关系。我在喀什人民广场跑四圈，每圈八百米。咣、咣、咣，广场上回响着我的跑步声。隔几分钟，毛泽东塑像下面跑过一个人，跑向西。过一会儿，又有一个人从毛泽东塑像下向西跑去，夜色稠密，看不清是谁，但我知道这都是我。之后，天才一点点亮起来，好看清谁在跑步。我每每在天亮时分见到桑树，阿热亚路边栽了一排桑树，树干如失血色那种苍白。我摸树干，粗糙的树皮把手心蹭得十分舒服。我的目光由树干一点点上移，有时在树叶上发现一只滚圆的小鸟，当地人叫它地雀，背和肚子黑白分明。更多时候，我的目光从树干升到树顶，树叶里还能看到星星。铁匠的手指把塑料管子的嘴捏细，洒街。铁匠把打制的犁、窗子和刀摆在门口，桑树的树皮越来越白，星星散佚之后，只有桑树独自白净。桑树的叶子不多，在树上挂着。对蚕来说，它们是悬挂的面包和香肠。桑叶不须太多，够蚕吃就好了。况且，许多生长桑树的地方并不养蚕。如果我植桑树也不一定养蚕，假如喝醉了把蚕当成虫子扔掉，岂不可惜？

　　我栽蚕树一定是因为桑椹。桑椹是桑树的鱼子，它的汁液把人的牙和胃肠染上浪漫的紫色。小时候，我们吃桑椹的时候互相看牙。五分钱买的桑椹放在旧课本纸张做的漏斗型包装里，我们把一两颗桑椹扔进嘴里，紫汁把牙齿变成黑色，嘴唇变深紫，嘴成了可怕的深洞。人带着这样的嘴打闹嬉笑是最有趣的，这时稍稍的有一点像妖精，小时候，我们都愿意变成妖精。

买桑椹的机会很少，因为没钱。我们去南山仰望那棵桑树。从春天，桑树的叶子刚刚冒出来，我们就去仰望。盼望它早点长出桑椹。夏天，桑椹羞怯地长出一点点，那是绿色的鱼子，我们盼着它变紫。桑椹紫了，如枝头上的黑枣。我们踩着伙伴的肩膀，小心摘下紫桑椹，也就是一人一粒，其他的桑椹还青着。一粒桑椹足以把牙染得紫红，如嚼槟榔的人。我们有意让桑椹的紫汁留在牙上，从南山走到街里，尽情地笑，让别人知道我们是吃过桑椹的人。

可是，蚕宝宝吃过桑椹吗？它沙沙地吃桑叶时为什么不尝尝桑椹？我想象蚕吃了桑椹之后变成了紫蚕，吐紫丝。紫，神秘、妖异、俗艳。一只俗艳的紫蚕吐出的紫丝织出的绸子有多么惊艳。像《一千零一夜》里公主的披肩。几年前，我经过一个村子，见桑树上的桑椹没人吃，掉在地上，被人踩瘪了，泥土开出一块块紫花。今夕何夕？桑椹掉地下被踩成泥却没人吃？我摘下桑椹吃了几粒，我想把所有的桑椹都吃完但吃不完，太多了。我怀着沉重的心情离开这棵桑树，因为没人吃它结的桑椹。

杏

　　小时候，我家那个地方夏天没其他水果，只有杏。冬天跟水果沾边的东西是柿饼子和黑枣，比夏天还多一样。对小孩来说，萝卜、青椒、茄子都是水果，吃到嘴里"咔嚓咔嚓"响的就是水果，同样是水果的还有大白菜、小白菜、圆白菜、酸菜，均"咔嚓"。但真正的水果是杏，它结在树上，须仰望。菜嘛，是低头才看到的。杏仿佛知道自己的珍贵，它是内蒙古自治区昭乌达盟赤峰市夏天唯一的水果，由青而黄而橙黄挂在树上。那时候，赤峰市街里没几棵杏树，新中国成立之后没把这些杏树砍掉也是怪事。东园子有两棵，西南园子有两三棵，全赤峰的小孩全惦记着这几棵杏树上的杏，成群结队去杏树人家的墙外看杏，指指点点，咽唾沫，问自己"这辈子能吃上杏吗？"离我家近的西南园子的杏树是坐地户的树，树下拴一只大狼狗，红舌头垂在胸前。我现在见到杏仍然会想起狼狗和它下垂的舌头，但见到狼狗想不到杏。我们远远望着杏树，慢慢移动脚步，人群变成扇形。脚稍稍一动，狼狗抬头吠叫，使我们退两步。我们退，狼狗默许，然而我们移步向前，它一定要吠叫。狗叫为什么要抬头呢，它的嘴冲着天空才叫得出来。离得远，杏们是小黄点，藏在绿叶里。想看细致点儿，狗不让了。有一天狗被牵去配种（在没有微博、微信的时代，狗配种的消息是怎么传出来的呢），我们到那棵树下把杏尽情地看了一遍。熟杏不愧叫杏黄色，除了红辣椒，它比任何东西都鲜艳。杏上仿佛有一层小白毛，又像结着霜。那天杏上挂着晶莹的露水，简直漂亮极了。杏在枝头挂着，已经看出其质地绵软，远胜"咔嚓"，咔嚓多么低等。我啃了多半个白菜，肚子已经撑得如皮球才尝到一点点甜味。杏多高贵，挂在树上让人仰望并咽唾沫。狗仰脖子才叫得出来，人仰脖子却咽不进唾沫。配完种的大狼狗美滋滋地回来了，我们猢狲散尽，离开了亲爱的杏树。

那时候，课本上画着别样的水果——苹果、鸭梨、香蕉，它们总是在算术课的加法运算题里出现，我们以为这是不存在的东西，它只在上算术课时才存在，就像凤凰并不存在却有凤凰牌自行车一样。然而杏让我们知道除了糖之外世界还有甜的东西。我们知道了杏之后，同时知道了我们的舌头没白长。它除了品尝玉米面窝头之外，还预备着吃杏。眼睛也没白长，可以看到杏。晶莹橙黄的杏挂在枝头，肩膀上挂着露水，狼狗直着脖子吠叫。

我吃过我爸从北京买回的杏但没跟小伙伴们透露。这帮"土鳖虫"只停留在看杏的阶段就止步不前了。即使他们在讨论中说杏有点辣、有点咸的时候，我也忍住没说杏的真实味道——甜，略酸。杏的妙处恰恰不是"咔嚓"，人吃杏时，别人是听不到声音的，萝卜才是有声食物。杏具有神秘的绵沙口感。没吃过杏的人见吃杏的人一点声音也发不出来，在嘴里抿抿就咽下去了，一定百思不得其解，好像吃杏者嘴里安装了消音设备。这帮馋鬼正打算从吃者发出的声音来判断被吃之物是什么味道，杏让他们失望了，对不起。

比品尝杏味更妙的事情是双手掰开杏。杏开了，露出比表面更鲜润的橘黄。杏里藏着俗称杏核眼那种双眼皮的杏核。杏如贝壳一样，打开之时也没有声音，杏肉有黏核和不黏核的。对不起，这两种杏我都吃过，但没跟家属院的兔崽子们说过此事，他们会恨死我。我把吃完杏剩下的杏核摆在窗台上晾晒，兔崽子们看到，问了这是啥呀？我支支吾吾说这是中药。他们问：啥药呀？好吃不？我答：治哑巴的药，不好吃。他们确实没吃过杏，连杏核都不认识。这些人如今快六十岁了，童年在饥饿中度过，我也如此。胃每天都在叫喊饿，眼睛像动物一样不断找吃的东西。

我晾晒杏核是准备吃里边的杏仁，还是吃。杏仁味苦。甜蜜之物的心里常常是苦的。家杏仁不及山杏仁好吃。而山杏的杏肉我们都吃过，苦涩，基本不能吃，它的杏仁却有一点点甜。关于杏的赞美之词先说这么多，好像还没有说透，似乎还拉下了什么，想不起来了。如果再说，则要说杏这个名字起得好，其音如鸟鸣，突兀，又有一些弹性——杏，还有一些回音。汉字的杏字也造得好，简洁而有美感，像伞下面张着一个口。一度，我曾想为自己发明一个从来没人姓的姓。先想姓美，后来觉得倘若子孙长得丑就不好起名了；也想过姓飞，姓山，都觉不妥。其实姓杏挺好，在这里推荐出去，谁愿姓杏谁就去姓吧。

樱　桃

　　见过一则微信，照片显示：把樱桃用盐水泡过后，爬出白色的小虫子。微信加了一个惊悚的标题——你看了之后还敢吃樱桃吗？我看了之后心情大悦，想象我为什么不是那只小白虫呢？它的衣食住行都在香艳肥美的大红樱桃里，虽万户侯不易也。世上哪里有这么好的房子，躺在里面拿房子当饭吃。床是水嫩的水果凝胶，睡醒了吃两口，接着睡。床罩、枕巾、枕头、墙壁、地板、天棚全是你的盘中餐，随便你怎么吃。它有一个统一的美好的名称——樱桃。上帝还是偏向弱者，把小虫安排在这么好的地方生活。上帝让强者用水泥这类乱七八糟的东西盖房子，然后贷款付钱、装修搞厨房和马桶，麻烦事多不胜数。最好的房子是樱桃，苹果和梨差一点，但也行，前提是你要变成一只小虫子，白色、红色都行，钻进去，连吃带住一辈子。

　　住在樱桃里，你被这个房子所包裹，到处都是香味。小虫在果肉的滋养熏蒸下变得白白嫩嫩，浑身上下没一点老皮。任何一种虫子的皮肤都比人的皮肤好，道理在于它的房子好。这个房子挂在枝头。一根果柄把樱桃连在枝上，不必担心果柄不结实，上帝已经让它经得住樱桃的重量，你操什么心？假如，樱桃从树上掉下来，里面的虫子只感觉房子如皮球那样弹了弹，很舒服却没有损伤，上帝把一切都安排好了。这个房子高悬枝头，如红灯笼一般，里面住着小虫。虫儿每天早上睁眼瞧一瞧，果肉的墙壁泛出金红的光，与往日一样。虫子如果关心外部世界，可以从樱桃的房子里往外钻，冒出小脑袋看一看。它看到树上挂满了樱桃，房屋闲置率99%，供大于求。鸟儿在枝头歌唱，听上去如唧唧，又如七七。有的鸟说舅，也可能是秀。鸟儿吐字从来都不准。风照例吹过去，把树叶的灰尘吹一遍，其实已经吹了好多遍了。太阳依旧挂在空中，它周围依旧什么都没有，与往日没什么两样。失眠的虫子夜里从樱桃房往外看，它看到露水的钻石在草丛中闪光，渠水咕噜噜发出漱口的声响，它一直在漱口。月亮跟白天的太阳可能是同一个，也可能是两个，照白了地上的小路。虫子并不知道这地方叫樱桃国，它生而在此，觉得人类、鸟类和蚂蚁回家都会回到一个樱桃式的房子里。如不如此，活着有什么意思呢？虫子住的樱桃房子，从人类眼光看有一点问题。它连吃带喝都在这个地方，不搞另外的卫生间。事实上，只有杂食动物譬如人的粪便才污秽。人的消化系统用吲哚的酶消化吸收食物才搞得臭不可闻，拉屎才需要有专门的屋子。虫子只吃樱桃，排泄物到不了臭的程度，总之它自己能忍受。

　　樱桃和山楂拥有共同的祖先，之后走在不一样的道路上。山楂以自己的白雀斑为荣，盼望做大，变成一只苹果。而樱桃更有文艺思维，它想变成葡萄，可以跟浆果、跟酒扯上联系。它们各自远行。山楂不仅没变成苹果也没摆脱质朴，名字里的"山"字一直去不掉。从樱桃的名字看，它显然进城了，也许进入了宫廷。樱是花名，桃乃丰腴之果。美色与甘味都让樱桃占了，而山楂还在那里酸，甚至变成了健脾的中药。樱桃走到离葡萄很近的地方停住了脚步。它不喜欢葡萄的藤。藤是什么？是绳子吗？那些站不起来，依附它者的植物才叫藤。樱桃觉得长在树上才风光，比结在棚下好多了。树有自己的宇宙，上面有树枝的山脉和树叶的土地，果实是这样的宇宙里的星辰。树上的樱桃常常觉得自己在飞，树叶哗哗作响时，它觉得自己飞出了几十里路，满天都是樱桃的身影。

樱桃是带有笑容的果实，不管这个世界怎么样，先笑起来再说。笑有丰颐，如樱桃的笑。而瘦子笑起来如核桃的笑。堆在盘子里的樱桃让画家产生画一幅静物画的念头。血红的樱桃伸出横七竖八的长而绿的果柄，指明每一个樱桃的归属。一个成年人身上带着七八斤血，但没人赶得上樱桃的气血充足，它的血仿佛比人更多。如果拿樱桃作首饰，它比珊瑚还美。它在血红里含蕴深邃，如同它的笑容藏着凝视。谁跟樱桃对视，谁就会败下阵来。它的红毫不犹豫，它在火炭、朝阳之外创造了另一种红。有一夜，我梦到樱桃长大了身体，长得如鸡蛋大，我抢过来吃一口醒了。我回味这个梦，即使不醒，我吃到的也不是樱桃，而是李子。李子虽然也好吃，但它不是樱桃。如手指肚一般大的樱桃刚刚好。万物的状态决定了它的品质。如果变成比命运规定的更大或更小都会面临一场悲剧。

清澈的河流

布尔津河，你为什么要流走呢

布尔津河像一只长方形的餐桌，碧绿色的台面等待摆上水果和面包的篮子。河水在岸边有一点小小的波纹，好像桌布的皱纹。

我坐在山坡上看这张餐桌，它陷在青草里，因此看不见桌子腿。这么长的餐桌，应该安装几百条腿或更多结实的橡木和花楸木腿。小鸟从餐桌上直接飞过去，检查餐桌上摆没摆酒杯和筷子。其实不用摆筷子，折一段岸边的红柳就是筷子。现在是五月末，红柳开满密密的小红花，它们的花瓣比蚊子的翅膀还要小。这么小的花瓣好像没打算凋落，像不愿出嫁的女儿赖在家里。红柳的花瓣真的可以在枝上待很久，没有古人所说的飘零景象。

来会餐的鸟儿一拨儿一拨儿飞过了许多拨儿，它们什么也没吃到，失望地飞走了。有的鸟干脆一头扎进桌子里面，冒出头时，尖尖的喙已叼着一条银鱼。这就是河流的秘密，吃的东西藏在桌子底下。

　　青草和红柳合伙把布尔津河藏在自己怀里，从外表看，它不过是一张没摆食物的餐桌。为了防止人或动物偷走这条河，红柳背后还站着白桦树。白桦树的作用是遮挡窥视者的视线。青草、红柳和白桦树每次看到藏在这里的布尔津河干净又丰满，心里就高兴，它们竟可以藏起一条河。但它们没想到，布尔津河一直偷偷往西流。表面看，河水一点没减少，仍像青玉台面的长餐桌，但水流早从河床里面跑了。假如有一天青草知道了布尔津河竟然一直在偷偷流，它一定不明白河水要流到什么地方去，还有比喀纳斯更好的地方吗？

　　青草喜欢这里，它不愿意迁徙的理由是河谷的风湿润，青草在风中就可以洗脸。青草身上的条纹每天都洗得比花格衬衣还好看。这里花多，金莲花开起来像蒺篱一样密集。这一拨花开尽，有另一拨儿花开。到六月，野芍药开花，拳头大的鲜艳的野芍药花开遍大地，青草天天生活在花园里。可是，布尔津河你为什么要流走呢？

　　现在野芍药打骨朵了，像裂开的绿葡萄露出山楂色的果肉。我用手捏了捏，花蕾的肉很结实，一颗手指肚大的花蕾能开出碗大的花。我想把山坡的野芍药的花骨朵全都捏一遍，好像说我手里捧过百万玫瑰（《为了你，我舍得百万玫瑰》——这是我昨天听华俄后裔张瓦西里唱的俄罗斯民歌）但我怎么捏得过来呢？把花捏得不开放怎么办？草地上、悬崖上都有野芍药花。开在白桦树脚下的野芍药花一定最动人，它像一个人从泥土里为白桦树献花。

白桦树，你怎么看都像女的，就像松树怎么看都像男的一样。白桦的小碎叶子如一簇簇黄花，仔细看，这些黄花原来是带明黄色调的小绿叶子。能想象，它在阿勒泰的蓝天下有多么美，而它的树身如少女或修士身上的白纱。当晨雾包裹大地又散开后，你觉得白桦树收留了白雾。我甚至愚蠢地摸了摸树干，看了看自己的手指肚，又用舌头舔了舔——没沾雾，白桦树就这么白。既然这样，布尔津河你为什么还要流走呢？

有一天，我爬上了对面的山。草和石头上都是露水，非常滑，但我没摔倒。我的鞋是很好的登山靴，它根本没瞧得起这些草和石头上的露水。登上山顶，看到了我住的地方的真实样子。木头房子离河边不远，像狗窝似的。黑黑的云杉树如披斗篷的剑客，从山上三三两两走下来。更黑的那块草地并不是一片云杉长在了一起，那是云朵落在草地上的影子。

布尔津河在视野里窄了，像一条白毛巾铺在山脚下，也有毛巾上摆着圆圆的小奶球，有一些奶球连在了一起。它们是云朵，这是蒙古山神的早餐。云，原来还可以吃的，这事第一次听说。山神那么大的食量，不吃云就要吃牛羊了，一早晨吃一群羊，还是吃云吧。雾从河上散开，一朵一朵的云摆在河上，山从雾里露出半个身子，准备伸手抓云吃。昨晚下过雨，木制的牛栏和房子像柠檬一样黄。不一会儿，天空有鹰飞过，鹰合拢翅膀落在草地上，想要抓自己的影子。野芍药下个月就开花了，山神早上在吃云朵，偷偷流走的布尔津河把这些事情告诉给了远方的湖泊。

南方的河流

南方的河流平缓饱满，小雨像丝网一样漂在河的表面，河把它们运到不下雨的地方。

南方灰白色的河流驶过吃水线很高的运沙船，沉重的船体移动，仿佛时刻在爬坡，河水的表情愈加灰白。谁都能看出河水比船更疲惫。

远眺南方的河流，它如同刚刚解下围裙、拾完柴草、喂过猪、做熟了饭的母亲。疲惫的南方河流，每每驶过货轮和运沙船。

南方河流众多。在多山的南方，河流自古已是道路。马蹄虽未踏过，拥挤的船舶磨白了河流。它们没时间看天，也抓不住河底的水草，唯有沉默流淌。

南方的河流一如蚌壳色的大地悄悄移动，这块地不长稻子和杂草，只有瓦楞似的波纹和船的村落。

船开往天际。南方的天际融化了地平线，仿佛河水在天际走散了，河流成了天际的尾巴。南方的鸟儿名字叫鸥，叫鹭，长着长长的脚，随着河流游荡。

南方的河流子女众多。多如牛毛的小溪从山里渗透大河。溪水在山里像儿童一样清澈，进入河流就老了。它们过早投身劳作，肩抗货船，手挑鱼虾。溪流进入河流之后开始寡言，它们听不懂彼此的方言，南方的方言比树上的枝杈还多。

南方人在陆地上仗没打够，把仗打到江上，草船借箭，火烧连营。人类脖子二根筋，河流脖子一根筋。河流没办法抬头辨识打仗的人和船头的旌旗。后来听到战鼓息了，呐喊息了，落入水下的箭镞长出绿毛。

河跟鸟兽一样在夜晚休息。南方的河流用月光洗自己的布衫。千里月光洗千里河衣，万里月光洗万里身体。南方河流的手足上全是泥巴，脊背长满老茧。月光倾水，一摇一顿，河流白一点又白了一点，松开皱纹，尔后休息，一梦出了洞庭。

渔舟唱晚唱南方河流之晚。唱歌人头戴斗笠，身披蓑衣。南方的方言音调繁复，融汇了水车、江鸟、猿与山鬼的音调，咿咿呀呀。渔歌更像鱼歌，渊深幽远，如水草飘荡河面。

南方的河流为五谷奉献奶水，南方种两季和三季稻谷，河和河的子孙哺育稻和稻的子孙。稻子开花了，稻田滚过南方河流的浪花。两湖两广的大米里藏着南方江河的气味。白帆其实不白，河流缓缓而流，云母色的南方天空下面只有油菜花鲜明晃眼。

南方多雨的河流培植的竹子吹出玲珑的笛子曲，南方多鸟的河流倒映海螺似的青山，南方鱼虾丰盛的河流把村庄哺育成水乡，南方驮着竹筏的河流淘洗白皙的月亮。南方的河流古代叫水，如今叫江。在长江和珠江的出海口，南方的河流汇入大海，我替它们庆幸，它们终于可以歇歇了。

河流里没有一滴多余的水

从质地上说，花瓣是什么？它比绸子还柔软，像水一样娇嫩。雨后的山坡上，如果看到一朵花，像见到一个刚睡醒的婴儿，像门口站着一个被雨淋湿的小姑娘。花瓣的质地，用语言形容不出来。而它的鲜艳，我们只好说它像花朵一样鲜艳。无论是小黄花还是小白花都纯洁鲜艳。花能从一株卑微的草里生长出来，人却不能，连描述一下的能力都缺乏。

从性格说，马比人勇敢，而性情比人温和。马赴战场厮杀，爆炸轰鸣不会让它停下来，见了血也不躲闪。冰雪、高山和河流都不会阻挡马的脚步。它的眼睛晶莹，看着远方。把勇敢与温良结合一体，在人当中，可谓君子；在动物中，是马。我哥哥朝克·巴特尔贫穷，却买了一匹良种马欣赏。他不让马拉车干活，也不骑。每天早上，朝克拎一桶清凉的井水，用棕刷子刷马，然后蹲下，咧着嘴对马笑。如果马吃糖，他一定给马买糖；如果马看电影，他会拉着马上城里看大片。朝克对马的感情，和城里人养宠物不一样，马是哥们儿，是朝克的偶像。马在天地间吃草漫游，用不着管马叫儿子，搂着睡觉。马影响爱马人的性情，使之"温而厉"。

从流动说，河水心里一定有巨大的喜悦，而后奔流不息。大河流动时的庄严，让人肃然起敬。它非在逃离，是前进。只有贝多芬的音乐能描述河流的节奏、力量和典雅。贝多芬的交响曲没有多余的音符，也没有乐器单独演奏，一切共进。而河流里也没有一滴多余的水，每滴水和其他的水密不可分，一起往前跑。河是巨大的家园，鱼在河里享受着比人更幸福的生活。夜晚，河流兜揽所有的星辰，边晃边亮。

从胸怀看，鸟比人更有理想。当迁徙的候鸟飞越喜马拉雅山的时候，雪崩不会让它惊慌。鸟在夜晚飞越大海，如果没有岛屿让它歇脚，它不让自己疲倦，一直飞。它不过是小小的生灵，却有无尚的勇气。

人的勇气、包容、纯洁和善良，本来是与生俱来的。在漫长的生活中，有一些丢失了，有一些被关在心底。把它们找回来，让它们长大，人生其实没什么艰难，每一寸光阴都有用。

黑河白水

北地，当白雪覆盖河岸的时候，黑色的河流探缓流过。这么冷了，我不知道它为什么不结冻，袅袅升腾白雾。这的确是一条黑河，凝重而坚定地前进，虽然并不宽也不激壮。在冰雪世界，任何有动感的事物都令人感动，况且是一条河流。

这样一条黑水流淌着，在白雪的夹裹下充满苍郁，让观看的人心软了，坐下来叹息。

而所谓"白水"，也难见。德富芦花称："日暮水白，两岸昏黑。秋虫夹河齐鸣，时有鲻鱼高跳，画出银白水纹。"水白不易见，水清与水混则常见。对"水白"之景，我曾困惑过，后来在回忆中想起来了。的确是在"两岸昏黑"之时，天几乎黑透了，穹庐却还透散澄明的天光，无月之夜，星斗密密甫出，河岸的树林与草丛织入昏暝里，罩着虫鸣。这时，河水漂白如练，柔漾而来。在远处看，倘站在山头，眼里分明是一条曲折的白水。

雪中的黑河像一群戴镣的囚徒，水流迟滞，对天对地均含悲愤，像弦乐低音部演奏《出埃及记》。雪花穿梭而落，却降不进河里。人不禁要皱着眉思索，漫天皆白之中，这条黑河要流到什么地方去呢？这是在初冬，雪下得早。若是数九之后，此地所有的河流都封冻了。

观白水，如静听中国的古琴，曲目如"广陵散"。在星夜密树间，白水空蒙机灵，如同私奔的快乐的女人。白水上难见波纹，因为光暗的缘故。这时，倘掷石入水，波纹扩充，似乎很合适。在此夜，宜思乡，宜检旧事，宜揣测种种放浪经历，如同站在缓重的黑河前，应有报仇雪恨之想。

黑河与白水，我是在故乡赤峰见到的。他乡非无，而在我却失去了徜徉村野的际遇。人生真是短了，平生能看到几次黑河与白水呢，虽然这只是一条普通的河上的景色。

河流没有影子

白桦树和黑榆树有同样黑色的影子。我把两只粉色的牵牛花扣在眼睛上，看东西一律是粉红，但它们也有影子，像酒盅一样。

鸟的影子难得一见，它的影子从房檐掠过去，像窜过一条蛇。它的影子在飞翔中消逝得那么快，那也是影子。

云的衣衫有一些透明，因而它的影子如同树林的阴凉。站在山顶上看云的影子，大的占几亩地。这么大的云彩的影子笨拙地移动，好像要搬走地上的庄稼，搬不走，它就自己慢慢走了。

让每一样东西拖着黑色的影子是太阳的意思，喻示一切事物终将消失，除非它没有影子。

只有河水没有影子，因为它透明。水可蒸发为云，可渗地成河，水可无限分割又瞬间接合。水的影子是冰雪，而冰雪消融又回归于水。只有水不死。

在早上的光线里，螳螂的影子被放大好几倍，像是钢铁制造的侠士。它正在欣赏自己的影子，它没想到自己的爪牙一夜长到这么大，更适合穷兵黩武。在江南，比一丛乱竹更潇洒的是一窗竹影。郑板桥说，他的竹是对着粉壁墙竹影描下来的。他画的竹子笔墨平平，妖气重，和他做派一致。

前面说没有影子的只有河流，大凡透明之物，均无影。人也如此，心里空了，就没有好事坏事的影子，如同河水留不下浪涛的影子。透明的人如同一只手，不分手心手背，是一团混沌，无抓亦无放。透明的人或物不阻挡阳光，阳光从他（它）们的身体穿过，顺便带走了烦恼。

人的影子在地面或长或短，或胖或瘦，物理学说这是由太阳与地球的位置造成的，我以为这恰恰是一个譬喻。早上，影子往西方拉长，如人之童年，喻示未来的岁月尚多。影子在中午伏在脚下，说盛年阳光最旺，阴影躲了起来。傍晚的影子又长了，但长的是已经度过的岁月而非未来，步入老年。

世上看不到红影子、绿影子，影子不是色彩，是暗地里的轮廓。影子无白色，白纸的影子也不是白色的。影子不经你同意量出你的长宽高，放在地上，告诉你不过是你。就影子而言，你和别人并没有两样，高贵、典雅、妖娆这些词对影子用不上。下雨天，雨冲走了人与物的影子。雪天，人和墙头小鸟的影子格外黑，远方积雪山峰的影子反射蓝光。

黑夜是地球的巨大阴影，这影子深邃稠密，把所有的事物归纳为黑。人在黑夜里睡眠，孩子的身体在黑夜中生长，黑夜缔造了一个独特的世界。在地球的影子里，万物看到了别样的光亮，这就是星星和月亮的光。人对黑夜的光寄寓美和期盼，星光喻示前路微茫，月光寄托相思千里。万物在地球的影子里享受每一夜，而昆虫和动物在夜里开始它们正规的生活。夜，不过是影子，如同一株草身后的影子。事实上，一粒沙的影子也可以创造像夜这么大的黑暗，只不过沙的空间与地球不一样，而空间与时间不过是人造的观念，方便自己记录地点、年龄和自己所做或未做的事情。他们把时间称之为光阴，光为昼，阴为夜，说的是光和它的影子。

蛇没有影子，它匍匐在地，盖住了自己的影子。雨滴没有影子，它降落得太快，人看不清它们的影子。火没有影子，它和阳光一样炽热。死人没有影子，他们终于甩掉了影子长眠于地下。歌声的影子是它的回声，人心的影子是他们的记忆。有人不为当下生活，靠记忆的影子生活。所有的记忆——不管是好还是不好的记忆——终将变为影子。影子乃虚无，只是人们看不穿这一点罢了。

鱼

人的身体有正面与背面，对鱼来说，是左面和右面。鱼的侧面显示出它的工艺之美；鱼鳞一片覆盖另一片的美，只有鸟羽堪相比美。它的古典主义的手法让人感到上帝的审美意识始终留在古罗马时期，并没追随人类进步。鱼鳞之美跟数学相关，跟矩阵相关，当然跟功能更相关。上帝比任何人都讲实用主义。

鱼像雕刻工艺品。几百枚云母片对称黏在鱼身上，叫鱼鳞。每一片鱼鳞如一片贝壳，比人的指甲更圆，是鱼的铠甲。

鱼在水里漫步，却没有脚。它始终在沉思，水让鱼沉默并成为习惯。

鱼生而有水，比牛羊生而有土还要幸运。水没有天空大地之分，内外都是水。水不用深耕，水没有四季，鱼在水里不用做窝也做不成一个窝。透明的水让所有水生动物变成了一家。

鱼在汉字里跟"余"谐音，古代没出现过产能过剩，余裕就好，满仓满屯都好。鱼跟余沾了光，成为年画的题材。光屁股童子怀抱大红鲤鱼约等于江山永固，还显出美，比抱肥猪好看。鱼没有四肢，无论怎样肥都看不出累赘。鱼其实很肥嘛，没见过瘦骨嶙峋的鱼。天生肥的东西还有藕与白玉兰。江湖之大，怎么能瘦了一条鱼？水比土地更富有，对万物慷慨。

　　池塘的鱼群居，也起哄，为一片面包而撕抢。上帝没让鱼长出手和脚来，它们用嘴顶着这片面包走，而不能像足球流氓那样连打带踹。不知面包后来去了哪里，鱼群红的脊、黑的脊在石头上开花。

　　鱼有一个静默的世界，它不知道残花落地的微音，也不知道鸟用滑稽的声音预告黎明。鱼的力量拧在尾巴上面。没人见过鱼在河里辞世的情景。

　　姓于的人不承认"于"跟"鱼"有什么联系，但起名爱跟水发生联系。谁都知道鱼的氧气在水里，离开水鱼就憋死了。中国的于姓人氏，带着无数涉及江海的名字，他们心里还是挂念着鱼，尽管也吃鱼。

　　鱼和鸟一样，一生自由，空气和水赋予它们自由。海洋里的鱼多么自由啊，一生是游不完的旅途。从水里遥望天色，太阳仅仅是一片模糊的光团，下面渊深无际。鱼游海里，恰如鱼在天空飞翔。鱼之余不在别处，在自由。

公无渡河

月亮尝试渡河，却迟迟停在河水中央。河里比天上更惬意，像坐上了一个笸箩，摇摇晃晃。月亮在河心显出白净，这也是它不愿渡到对岸的原因。河水一波一波地淘洗，不白也白了。河里的月亮像把着白云的门框照镜子。照镜子时感觉时间过得好快。当月亮不白了，天色一点点亮起来时，月亮才想起所谓黑夜即将过去，但它还没过河。它记得要看一看对岸的柳树，看散乱的柳丝下面鱼群的动静。

桃花往河里跑，岸上的桃树争相把花枝伸向水面。枝头河上，生出两重桃花的繁复。风路过桃花林放慢脚步，怕触落花瓣，屏住呼吸穿过的枝头。风不懂，它走过哪儿都是风，像雨走到哪里都是水滴。桃花仍从风的身影里纷纷坠落，漂在水上渡河。风不知如何是好，把花瓣拣起送回枝头但拣不过来，随它去吧。风用扫帚把树下的花瓣扫入河水，桃花坐着自己的船。豆粒大的桃花翻身落进水里，瓣瓣都是小舟。桃花还没坐过船，如今坐上了自己的船。何止船？桃花没见过白云，没见过青草，更没渡过春水。春天的小河静静地流，看上去几乎不流。多看一会儿，河上的浮冰划破柳树静止的倒影。桃花不知向何处去，满世界都有逛头。桃花觉出两岸后缩，如被两辆大车拉动，岸上的桃树被车拉走，唯水不动。对岸好，栽着比草更矮小的桃树，枝上仍开着看不清的小桃花。桃树间穿插柳树，以绿枝打扫什么。渡河为桃花所愿，可是不知怎样渡到对岸。一条木船往对岸开。艄公把橹一头系在船首，一头在河里搅动，船径直开过去，在视野里越发缩小。桃花才知这个世界的景观是越远越小，小山小桥都摆在远处，而桃花离母树越发远了。渡过了两个渡口。它的头顶尽是柳枝，柳枝伸手打捞路过的花瓣。

鸟儿渡河。鸟儿被滚滚的流水吸引，它觉得水去的地方一定是个好地方，否则它们不会这么匆匆忙忙。鸟儿飞临河的上空，看出河水在追赶前面的浪头，掐它们的脖子掩埋它们。河水下面如同有一口大锅，把水烧得跳起来。小鸟顺河的流向飞行，看到河面比大地平坦，前方是银色，后方也是银色，鸟儿像一只河流所放的小黑风筝。鸟儿累了，到对岸的草地上休息，在河边走一走，看河水什么时候停下来休息。河不会停，像天空的云彩停不下来，它们身上都安着永动机。

马渡河如一场搏斗，双蹄踏浪，而浪涛兜头涌来，想把马淹没。马踏浪如踏在无鳞的龙背上，以蹄为刀剑，杀开一条无底的路。在水里，看得出马与河俱怒气冲冲，它们搏杀，打碎多少浪花的盔甲。马的长鬃沾水，肌肉紧张，昂起的脖子血管贲张。马游到对岸，河水也静了，对手与对手互致敬意。马理解不了河水的力量，不知它暗中想把自己推到什么地方。马的归宿是草原；它在山麓静立，等黄昏降临属于马的时光。马畏水。在水里，所有的生物都要随波逐流，水里没有马的自由，没有被风卷起鬃发的豪迈。

天空上，银河是夜晚才流淌的河流，流不尽，也不入海，天上没有海。在人的视野里，海于天际同天空汇合，但海还是没融入天空。借着天空的蓝，海造出更蓝的、动荡的水面。白日里，云的队伍宛如一条河——如果它们不是乌云，如果在天边站成一长溜——淹没山峰。云朵俯察大地的河流生出羡慕，那是如镜的、有浪花且有帆船的水流。河水流淌得比云朵更沉静，而且从来不像云那样走走停停。云想渡河，却怕它的丝棉入水后沉入河底。云练习像河那样蜿蜒流淌却学不会，小云在蜿蜒中从云层掉队，成为孤立的蚌。云在天上渡河，它看到自己的影子轻捷地划过河面，云反复渡河不能止休。在河边，有大片的云朵排队，它们等待一朵一朵地渡河，坐上它们想象的缆车。

乐府诗云，朝鲜的白首狂夫欲渡滔滔之河，妻子扯衣断襟，苦劝不成，狂夫坠河溺死。其妻手拨箜篌出悲声，歌曰："公无渡河，公竟渡河。"此歌不胫而走，由汉至唐。李贺诗："公乎公乎其奈居，被发奔流竟何如。"李白诗："被发之叟狂而痴，清晨径流欲奚为。旁人不惜妻止之，公无渡河苦渡之。"这是一个谜，他们一直在猜狂夫为什么渡河。如果没有"公无渡河"这首歌，如果"公无渡河"这句汉代的口语说的不是这么蹊跷，就没人猜他入河的原因。古往今来，河流一直是动物和人类的隐蔽的坟场，尽管它滑如琉璃，鸥鸟翔集，它是许多人和事的终点。

千岛湖的美与善

千岛湖的胜景不止于水天浩渺，更妙处在观此湖有山可登，缆车送你升于群峰之巅饱览湖景。在山巅观湖的心情已经不能以"欣赏"二字形容，欣赏这个词太平淡。欣赏是对平凡美景的浏览，而高踞山巅看大块山河，分明要赞美感叹。感叹什么呢？感叹大美天下竟然被你俯瞰得之。有句话说"角度决定态度"。高山观千岛湖，改变了你对千岛湖及一切湖的态度，站在此处可小天下，心胸顿开。

我去过黑龙江的兴凯湖和俄国境内的贝加尔湖，都是大湖，大得不得了。可是人眼睛的视力面对这么大的湖显然不够完善。人眼也就看出两三千公尺远，还得是晴朗天气。多大的湖对人类来说只不过看到方圆两三千公尺，其湖之大，只是听说而已。留下这样的缺憾，怨只怨人类个头太矮，看不尽湖海全貌。高者如姚明，也只比别人多看出二十公尺的水面。人不能扛着梯子去观湖，能扛动的梯子都不高。消防部队有一种云梯车甚好，我早就相中了。云梯打开高度可达六十公尺，但他们不借你旅游使用。而湖边，就我看过的湖而言，都没有高山，不足以登高山而观大湖。山之存在，并不为你观湖而矗立湖边。

千岛湖有奇异景观，游人登上山巅俯瞰湖水，享受到了玉帝的视角。玉帝每天都这样或那样地俯瞰五湖四海，一目了然。在山巅观湖的游客看到千岛湖辽阔无边，水面如镜，云彩成行成队留影湖心，就有了一点玉帝才有的眼界。有些人第一次看到此景，难免要抬起手臂指点江山。此江山不是浙西的江山县，而是千岛湖的水面、岛屿、鸥鸟和云彩。人在此刻，胸膛如充气娃娃一样充满豪气，不抬臂指点一些景物就不得劲儿。我从未在这么高的位置见过这么浩瀚的水面，如鸟儿一般从天空俯瞰大地，俯瞰大地上静谧的湖泊。湖水如鱼肚般呈现银白的光泽，中间有顶戴密林的黛青的岛屿，这只有在山顶上才看得到。

小时候我攀登老家的红山，看到山上的岩石里镶嵌海螺的化石。山顶的岩石里怎么会有海螺呢？别人告诉我，红山当年是海底。我听了大吃一惊，高高的红山当年竟然是海底。问是哪一年，答亿万斯年之前那一年。这消息对我来说比游泳池卖半价票还令人惊讶，我怀疑这个人在造谣。还有一年，我已五十几岁，问一位制作珊瑚戒指的蒙古工匠，好珊瑚产在哪里？他说青藏高原。问为什么呢？他说青藏高原当年是海底。好多事说着说着就到了海底，证明这不是造谣，这两人也并不认识。如今我站在山顶观望千岛湖，其景与当年青藏高原以及红山被海水淹没的情形约略相同。也是当年（1959年），政府建新安江水库，开闸放水，淹没了村庄、耕地和古老的县城。于是，我们这个星球上出现千岛湖这一奇观。我眼前星罗棋布的一千多个岛屿，实为一千多座山峰的顶部，还有一些较矮的山被淹没了，失去了当岛的资格。而我们脚下山更高，可以俯瞰那些岛。故此脚下这座山仍然叫山，而不叫岛。再一想，海洋上的岛屿也是海里的山峰，露出海面而已。

我们在这里看湖，看名字叫作岛屿的无数山巅；看汽艇像一条浮出水面的白鱼，两舷划出长长的水痕；看群鸟飞过湖面，如有人在天空撒了一捧树叶子；看岛屿戴着绿绿的树林的帽子；看远处淳安县城的高楼如海市蜃楼。这番风景难得见到，虽然想起那么多村庄耕地被淹心里不大好受。下山时，我向左边的湖水挥了挥手，又向右边的湖水挥了挥手，把肋间涌上的豪气往外放一放。

下山乘汽艇游湖，见到湖水清的如一碗水。于舷边往水里看，无浊流，无乱七八糟的藻类。你从水面映出的石壁的青翠的倒影就知道这里水质清洁。人说杭州已准备把千岛湖作为饮用水的水源地，导游问我高不高兴？我说高兴，但我想这么大一湖的水可饮人，自然湖里的鱼虾也可饮可活，我还是先为鱼虾高兴。人不喝千岛湖水还可以上超市买矿泉水。说到这里，要说千岛湖不仅美，指风光。还有善，其水生物体皆可饮用，比美的意义更深远。

河在河的远方

　　对河来说，自来水只是一些稚嫩的婴儿。不，不能这么说，自来水是怯生生的，是带着消毒气味的城里人。它们从没见过河。河是什么？用"什么"来问河，什么也得不到。河是对世间美景毫无留恋的智者，什么都不会让河流停下脚步，哪怕是一分钟。河最像时间。这么说，时间穿着水的衣衫从大地走过。这件衣衫里面包裹着鱼、草和泥的秘密，衣领上插着帆，流向了时间。

　　河流阅历深广。它分出一些子孙缔造粮食，看马领着孩子俯身饮水。落日在傍晚把河流烧成通红的铁条。河流走到哪里，空中都有水鸟追随。水鸟以为，沿河一直就能走到一个最好的地方。

　　天下哪有什么好地方，河流到达陌生的远方。你从河水流淌的方向往前看，会觉得那里不值得去，荒蛮、有沙砾，可能寸草不生。河一路走过，甚至没时间解释为什么来到这里。茂林修竹的清幽之地，乱石如斗的僻远之乡，都是河的远方。凡是时间要去的地方，都是河流的地方。

河流也会疲倦，在村头歇一歇，看光屁股的顽童捉泥鳅、打水仗。河流在月夜追想往昔，像连续行军几天几夜的士兵，一边走一边睡觉。它伤感自己一路上收留了太多的儿女，鱼、虾、禽、鸟乃至泥沙，也说不好它们走入大海之后的命运。也许到明天，到一处戈壁的故道，河水断流。那是一个无人知晓的地方，河流被埋藏。而河流从一开始就意气决绝，断流之地就是故乡。

河的辞典里只有两个字：远方。远方不一定富庶，不一定安适，不一定雄阔。它只是你要去的地方，是明日到达之处，是下一站，是下一站的远方。

常常的，我们在远方看到河流，河流看到我们之后又去远方。如果告诉别人河的去向，只好说，河在河的远方。

金 屑

树的衣裳

　　见法新社一张图片，德国一位女艺术家给树织了毛衣，那些树从很矮的地方开枝，这些彩色毛衣从树的脚下延伸到胳膊上。树林的树隔三岔五地穿着毛衣，像孩子们在奔跑。

　　把树变成孩子就这么简单。而孩子穿着天下最好看的衣裳。春天到来的时候，我上街看孩子们换上了哪些衣裳。过年的时候，我喜欢的事情也是看到孩子们全都穿上了新衣裳，兜里揣着糖果、爆竹，成群结队，喜气洋洋地在大街上走，像礼物在雪地上移动，像城里突然冲进了一群美妙的动物。

　　我孩子小的时候，她的妈妈也给她置了许多好衣服。有些衣服甚至是好笑的，比如小虫翅膀那样淡绿色的纱地儿上衣。还有一件水兵毛衣。孩子两三岁的时候，穿着这件水兵服蹒跚学步，很庄严，又娇憨。

　　我妻子把这些有趣的衣服收藏起来了，包括女儿作的"诗"，谱的"曲"。而我突然想到，没有收藏母亲年轻时的一件衣裳有多么可惜。母亲年轻的时候，也有美丽的衣裳。我记得她有一件暗绿色的连衣裙。它让我想起母亲也有美好的青春时光。我甚至想知道母亲做姑娘时的样子，当然这是不可能的。而我父亲则是幸福的，他在我母亲做姑娘的时候认识了她，他们成为朋友，后来结为夫妻。

盛 筵

亮亮是一楼的男孩子，七岁，每日精悍地玩东玩西。

有几日，我见他溜到车库那面，拐弯时回头警觉地扫视。车库那面没什么，我清楚。

车库拐过去，有一面墙壁，是拆迁的旧房的室内山墙。亮亮在上面画满了吃的东西：苹果、鸭梨……"还有香蕉，用黄笔。"亮亮自言自语，从兜里掏出一只黄粉笔，画出的香蕉宛如胳膊。他站定，做出把墙上的香蕉挖出来的手势，说："吃香蕉。"口里发出响亮的"啧啧"声，吃了一会儿，往地上一扔，说："香蕉不好吃。"又画了一个东西，像泅水的天鹅。"吃烧鸡！"他又说，掏出来"啧啧"痛吃。这种吃法，让我心驰神往。"烧鸡不好吃！"他又往地上扔。"喝酒！"没想到这小子还嗜酒，画一个瓶子，端过来仰脖，一秒钟已饮尽，不知什么酒。"可乐！"他不再画瓶，以墙上旧有的为蓝本，仰脖。"雪碧！"仰脖。我感动了，这顿大餐在逼真的情境下，已让人无法怀疑味道的珍贵。我悄悄退场，路上回想，我参加过一些宴会，均不及亮亮此筵尽兴，应有尽有，非常浪费，俨然共产主义。在现时的宴筵上，人们面对珍馔，敷衍而已，吃不出亮亮的豪迈境界。

又一日，想起这事，转到亮亮在车库那边的"精神餐馆"。墙上内容有变化，竟有飞机和狼，西瓜、葡萄也不少。我能像亮亮那样饕餮吗？吃！挽起袖子，西瓜。我空捧到嘴边，稍犹豫。

"吃呀！"后面有人喊，回头，是亮亮的笑脸。

亮亮双手捧在嘴边，"啧啧啧啧……"非常爽利。

我不安，退出"餐馆"，亮亮已经跑远了。这一场盛筵的滋味，世故的成年人永远也享受不到，它是上帝专为孩子而设的美餐。

花 瓣 手

头一天上小学，放学前我已想好结束学业，一切均无趣。五十多名相貌各异的儿童坐在木制的、有小刀刻痕的桌子前大吵大喊，听不清他们在说什么。话说没了，他们伸出舌头在嘴边涮——啦、啦、啦，很快有人模仿，全部"啦——"。而上课，老师说一些奇怪的话。然后排队，我也不喜欢排队。走路盯着前面同学的脚，怕踩掉他的鞋。还是不断有人出列、提鞋。

放学了，我姐塔娜领我回家，她高我一年级。明天我不上学了——本想把这个好消息告诉她，但没说。她太爱上学了，令人不解。塔娜和她的同学领我穿过运动场。这地方真好，我把遇到广阔地域时的感受称之为"好"。她们指着北边说："骑兵列队从那边过来，向司令敬礼。"

"司令在哪儿呢？"我问。

"在主席台上。"主席台空寂无人，上面有儿童堆的小土包，插着柳树枝和玻璃碴子。

"司令呢？"没人回答。我回头看，塔娜她们已跑远，追蝴蝶，裙袂飘飘。

站在主席台上，我看到了消防队灰色的瞭望塔。体育场对面的地方是长途汽车站，那地方也好，穹顶高，说话有嗡嗡的回声。我们又到汽车站，有人坐在刷绿漆的木条长椅上，脚下是绑着双爪的公鸡和点心匣子。阳光从落地长窗射入，光柱里微尘浮游。我喜欢光柱——特别是夕照光柱中的微尘，小而反光，不慌不忙地浮动，像在水里。我们在各处的椅子上坐了坐，享受在椅子上摆腿的快乐，然后去卖票的窗口。林西、克什克腾、天山……这是各窗口上方写的字，她们念诵，我不认字。因为个矮，也看不到窗口里面有什么好看的事情。她们抱我往里探望——一个镶金牙的女人拨算盘，桌上放一叠硬纸片的车票。

塔娜她们竟有办法随上车的人进站——和收票员说好，一会儿再出来——我们走在公鸡和点心匣子后面，入站台。站台有一个红砖的花池，上边站一个卖冰棍的老太太。她举一根冰棍，喊："冰棍啊，冰棍。"半透明的冰棍快化了，像出太阳时玻璃窗的霜。我担心冰棍"噗"地掉下来，落在土里。

"快来——"塔娜喊。她们围着一行花，正采花瓣，车站戴大檐帽的人在笑。"这叫指甲桃。"我姐说。指甲桃一尺多高，淡绿的粗茎像玻璃管，仿佛一碰就出水。花瓣或深或浅，然而全都红。她们急急地摘花瓣，往兜里装。我也摘，但不知做什么用。

"行了！行了！"大檐帽摆动卷红旗的木棍劝我们走。她们跑到候车室的山墙蹲下，我也蹲下。她们拿花瓣在指甲上揉搓，指甲变成了红色。赵斯琴举起十指晃动，"哎——"好看，成花瓣手了。

不一会儿，我们全成了花瓣手。回家的路上，她们喊喊喳喳说别的事，而我始终看她们和我自己的红指甲。

第二天早上，我妈推醒我，说上学。我回忆起学校情景，苦恼，说不上学了。我妈说怎么能不上学呢？我欲辩忘言，以哭抗争，泪水走出眼睛往下落。揩拭之时，看到指甲上的一点残红，想到体育场、车站以及长窗光柱中的微尘，说"上就上吧"。

比杏仁更白的美人

诗文写女人之美越具体越失败，比如旧小说描写女人姣好——眼似点漆、齿如珠贝，给人感觉是一件镶嵌工艺品，类似首饰匣子。会说的只说女人的白。

《诗经·郑风》：出其东门，有女如云……出其闉阇，有女如荼……

荼是山坡白茅草开的花，雪白一片。白花在微风中低舞，谁说不似美人？云和荼都在说女子的白。诗说的不是一个女子，是众多，白嫩成群。

我到泰国南部游历，导游是泰北的清迈人。他说清迈怎样的好，我已忘记，只记一句——清迈女人白。他说此语颇自负，而泰国南部的女人肤黑近于马来人。"清迈女人白"，差不多可做这个城市的广告语了。

后来我有机会到清迈，当然也见到了清迈的女人。姐妹们白虽白，但只比泰国南部女人白一点而已，白度与寮国和缅甸的女人差不多，白兰度比不上马龙。清迈女人之白跟川妹子、湘妹子即香港人包过金融危机又弃绝的"二奶"比起来还要黑一点点，出不来"如云如荼"的景象。

女儿两三岁时，我抱她到机关院子里玩。别人逗趣，说这孩子胖啊、白啊、好看啊。女儿目送飞鸿，不为所动，我以为她听不懂这些赞美的客套话。一次，有同事说这孩子眼珠真黑啊！女儿立刻用黑水晶般的眼睛瞪他，训斥：白！我吃了一惊，原来她懂，早已是以白为美论的拥护者。那位同事赶紧打圆场，说：白，白，白眼珠真白啊！我女儿渐出笑意。我和同事不禁哈哈大笑，她见我们笑，也哈哈大笑，以为我们归顺了她的美学观念，皆大欢喜。

比《诗经》晚的汉乐府诗，也用白描写女人的美，跟清迈导游与我女儿论调一样。汉乐府《孔雀东南飞》写到刘兰芝，"指如削葱根，口如含朱丹"。削是细的意思，葱根乃葱白。我以为拿葱白形容女子是文学上的一大发明创造，葱白之白，兼有白润与肥嫩的质感。但是汉代农村妇女刘兰芝的手长成这个样子，倘若不弹琵琶，离"三农"工作显得远一些，得不到老婆婆的喜欢也不让人意外。

中医所称"望闻问切"，先看人之脸色，也叫气色。气是看不到的阳气的运行，色指血色，说阳气之蓄养。一般说，脸黑脸黄都算不上健康。面无润泽，或许代表某些器官功能上的减弱。脸红其实也不好，虽然有人把红光满面当成一个美词自珍。如果真的红光罩面，大体上说这个人的血压、血脂均偏高。过量饮酒者，脸色也红，此乃肝火上炎。中医所说的好气色仍然是白，清迈导游和我女儿又胜了一次。白成为面色的基调，这个人的所谓阴阳平衡与气血平衡都好，尤以前额白净光润为好。健康的面白之人，眉眼黑、嘴唇红，因为有白打底子，出对比效果。而苍白的人虚弱，白却不润。他们的白是倒退，没有血在后边养着。

诗人庞德的《舞姿》写了一位他想象的中国美人。他没来过中国，也未必见过中国人，但庞德认为中国女人最漂亮。他梦中的这位美人是什么样子？"你的手臂像树皮下嫩绿的树苗，你的面孔像闪光的河流。"庞德没忘记白的重要作用——"你的肩白得像杏仁，像刚刚剥掉壳的杏仁。"

庞德厉害，从杏仁里发现白所具有的更细腻的美，且幽然，比葱白更上一个台阶，可得文学重大发明奖。庞德说："你的手指是寒冷的溪流，你的女伴们白得像卵石。"

卵石在溪水里微微颤动，白而明净，像不像女伴姑不论，它们美得那么安静。

一 行 字

去年有一场雪很大，虽然扫过了，但路面还是结了冰。结冰的路面是黑色的，那是一种极薄然而不容易被冬阳晒化的冰。

我每天上班都从公安厅的大门前路过，一次发现门口滞留的冰上，凿有一行字：

"爱一个人是很难的事情。"

我以为看到了奇迹。公安厅机关大门昼夜都有武警战士站岗，谁能凿上如此浪漫的留言呢？

另外在公安厅的门口谈到"爱"，与它的威严相比，也是有趣的事情。

这一行字每个约有香瓜那么大，即与南国的柚子相仿。我疑心这是寂寞的站岗小兵在深夜中细心刻画的。

同时又想到，此事说出来就如谎言一般难以置信：虽然事情的确如此。

一跑一年

我迎接新年的方式是跑步。

12 月 31 日晚上把衣装准备好，沈阳冷，半夜更冷。双层帽子、双层手套，到了 23 时 30 分，我像狗一样窜出去，开跑。

自 23 时 30 分起跑，跑到第二年 1 月 1 日 0 点 30 分，顶算跑了一年，这一年没闲着。

如果说困难，冷不是困难。医学发现人体有锅炉（维持体温、心跳等基础代谢的供热系统叫"人体锅炉"），一般人只有一个锅炉，跑步者身上有两个锅炉，让人在寒冷的时候觉不出冷。新年之跑的困难在冰雪路面。沈阳的雪，下一层化一层，再下再化，不是一家的冰雪组成一个连绵不断的大家庭。暗黑的小冰包、雪的圆臼、坚硬的冰辙都是跑步者需要小心的地方，摔倒不要紧，骨折就有大麻烦。

跑，人像在镜子面上舞蹈，顺弯就弯，别较劲。半夜了，大街像一个空荡荡的抽屉，啥都没了。街灯排向远方，多得用不了。街上半天才过一辆车，跟小偷似的一溜烟没影了。至于说行人，我只看到打工仔和打工妹，他们是刚刚下班的服务员。他们没钱去歌厅唱歌，没钱下馆子，只在大街上豪迈地走。他们用手机播放音乐，快乐地互相谩骂并踹对方一脚。

跑步者只有我一个人。我的新年之跑好几年了，没在大街上遇到同好。接近0点的时候，温度比白天大约低十摄氏度，脸上除了睫毛和头发不疼，其他部位都冻得生疼。鼻子酸，脸蛋子如同被火燎着了。这时候，你不能用手捂，虽然特想捂。手从手套里抽出来捂脸，脸暖和了，但手被冻得半个小时缓不过来，而脸马上又疼。脸用不着捂，脸是耐用品。人对你的喜欢、厌恶都是冲你这张脸来的，冻就冻会儿吧。最需小心脚下的冰雪路面，这时候，脚充满智慧。学过一点骨科学的人都知道，人的踝骨是无比精巧的万向轮系统，它是人体最复杂的骨骼。它的骨骼和韧带及肌肉系统联动，共同处理从脚底下传来的路面信号。它自动生成动作，无须得到大脑指令。每个人的踝骨系统都比中科院沈阳自动化所研制的机器人精巧一万零八倍，机器人没法跟人比。就这么着，我仰仗我的踝骨，当然还有全身各部位的骨骼、肌肉、韧带与神经在冰雪路上愉快地跑一小时，而不需要我决策什么。当然，中科院自动化所的科学家们的踝骨也厉害。

跑啊跑，有一回真跑不动了，有点低血糖。但这时眼前突然矗立大牌子，红地黄字——加油站，像是给我立的，只好接着跑。还有一回，我在大马路上听到了新年钟声，当、当、当，真激动，跑着过年了。另外有一回，我跑回家，当然是在第二年的凌晨，心情愉快，见快餐店前的垃圾箱边上有乞丐掏食物，我看到很不满意，怎么会这样子？我嗖嗖回家，开门没进屋，伸胳膊对我媳妇说，把冰箱里的牛肉干给我。我媳妇吓一跳，说干啥？你半夜往外拿牛肉干干啥？我说你别管了，再给我点零钱，五块十块的。揣上钱和牛肉干，我嗖嗖跑到垃圾箱，搜这个人大衣，说好吃的在这呢？他回头（他头上身上裹着大量衣物）一眼发现牛肉干，视力真好，抢过去塞进嘴里，快乐地发出呜呜声，好像这是赤峰产风干牛肉干发出的声音。我把钱给他，他熟练地将散钞卷成一个卷，塞进衣服最里层。这时有车开过，灯光照在他脸上——原来是个女的，是她而不是他。

　　跑完步回家洗澡，心想：吾乃今年最先洗澡之人；吃东西，也是新年最先吃东西之人。看电视、读书、听音乐、发短信、做瑜伽、泡脚、掏耳朵、眨麻眼，总之我在新的一年的凌晨办了不少事，是忙碌之人，原因在于：我从去年岁尾上马路跑步，跑了一年。

南面王不易

跑步之后，蹲地上连吃两个西红柿，南面王不易。

骑车子拐弯，猝遇手拎十斤鸡蛋的老太太，擦肩避蛋而过，南面王不易。

别人正经说话，在边上听出幽默。甲：您哪儿的人呀？乙：邯郸。甲：老家呢？乙：周口店。听听，周口店。祖宗的祖宗待的地方是人家老家，南面王不易。

服维生素 B2（核黄素），撒尿晶黄清澈，如高级试剂，南面王不易。

查后院巨响，乃装修工人从楼顶扔纸盒箱子，非战斧式巡航导弹，南面王不易。

听相声，捧哏的忘词，逗哏的气得脸白，南面王不易。

用红盘子装褐色猕猴桃、绿盘子装小黄柿子、蓝盘子装杧果，南面王不易。

领导讲话，才开头，转念，说："算了，开饭！"南面王不易。

4月1日，没有收到愚人信息，南面王不易。

接听手机，对方不口吃、不絮叨、不暧昧、不让人猜是谁、不自言自语，南面王不易。

检查身体未被复检，南面王不易。

操场出小旋风，别人避之不及，有儿童挥柳条左劈右砍灭之，南面王不易。

在大学操场跑步六年，共拣人民币肆元七角五分，南面王不易。

街上候车，公交车门开，迎面浇来一岁多男孩冲天尿柱。孩大笑，母愧笑，全车人欢笑，吾陪笑，南面王不易。

天空明暝变幻，雨落地如钱。前院闲猫安坐吉普车下目光炯炯，南面王不易。

与友人在日本餐馆饮十壶清酒，酒资千元。千元不醉，南面王不易。

战战兢兢上屋顶找足球，在瓦下发现男生写给女生小情书一封，看完放回，南面王不易。

看踢球同学在操场捧盆渴饮，洒胸腹仍不辍，南面王不易。

读旧书失忆，只记"南面王不易"。此句比哪一句都好玩，果不其然记住，南面王不易。

语 言 的 盐

本 分

当一个孩子降生的消息传到亲友那里，他们的问话永远是这样的：

"闺女还是儿子？"

皇子出生的时候皇帝这样问，而樵夫之妻分娩，樵夫也如此。

没有人问："生了个县长还是商人？"尽管这个孩子在未来有可能成为县长或商人。

这是说，每个人出生的时候仅仅是一个人。省长当年出生，邻人也不曾高喊："省长出生了！"

这还表明，一个人在短暂的几十年中，无论风光、荣耀、威严、奢侈，好到或坏到什么程度，也不过仅仅是一个人。人在世上获得的种种称号，会像墙上的油漆一样，随着时间的推移慢慢剥落。

而在人生的另一极——辞世时的称谓上，人又露出了本原的指向，像海水退下冰山浮现一样。在火葬场，所有的人都变成了

"这个""那个"，甚至连"人"字都被免了。的确，从生物学意义上说，遗体已经不能叫作人了。当然，更不会被称为各种"长、委员、标兵"及其他。

人是人的时候，不过是人，而连人都不是的时候，什么都不是了。

记住自己是人，有很多的好处。

用甘蔗譬喻，社会的角色是外皮，可以千差万别；而人是蔗肉。被嚼成渣滓的蔗肉是人的与生俱来的弱点，但不管多么拙劣的人都应该有一些"甜水"，即优点，譬如：隐忍、尊重他人、自爱、互助。其中最宝贵的因素，恰如中央电视台经济频道片头展示的三个词：劳动、创造、交流。这三项再加一项：爱（即孔子之谓仁），已经画出人类作为物种值得赞美值得延续下去的本质特征。

所有这些，在老百姓嘴里早有简洁的概括：本分。

本分，对内说是人格构成支柱，对外是社会的人文架构。

一个人仅仅记住了自己的职业，具体说是权力与地位，对别人来说已经是一件可怕的事。因为他有可能做出非人性的事来。人如果远离了人性，不会升华为神性，只能下降为兽性。人不是人了，还能是什么？只能下降为动物。但愿这样说没有侮辱动物。或者说，他变成一堆甘蔗皮与渣滓。

当年人们问刚刚诞生的婴儿是"闺女还是儿子"时，所问内涵并非性别问题。这句问话隐含的是"一个人降生了"的喜悦，而不关系后来的社会角色。

　　人不过是人。这一种本分使我们在天地和五谷面前谦逊起来，在草木和儿童面前善良起来，在歌声和微笑面前勤勉起来，在自己的本分面前变成一个好人。

　　人越本分就越美越可爱，我相信这个道理。

甲骨文的四个字

游安阳殷墟遗址，看完青铜器车马，快要出博物馆时，见墙上陈列一千多个甲骨文字，附罗振玉释文。

年。年是一个人背负一捆庄稼。先人不懂历法，也不能明晰地理解时间。一个人种下种子，背着收获的粮食回家时，感受有一件事发生，庄稼和草木已经度过了一生。这是需要记忆的时刻，需要刻于牛骨龟甲告诸后人，并要念出声。先人造了一个——年。年是人用后脊梁背出来的，更多指果实。无果腹之实，算什么年？年景好与不好，都跟粮食生产有关。它不仅是时间概念，还指经济学的家庭收入。现代人的收入跟季节、跟背负都可以没关系。股市的、公司的收入都不以年计，可以月计、日计、时计，而农民至今还在以三百六十五天为收入纪年，还要把粮食背回家。他们还是"年"里的人。

依。这个字由母亲用衣襟兜着孩子组成。小孩子偎娘怀里，衣襟兜着，叫依。单立人指孩子，衣说母亲。孩子对母亲依附到什么程度呢？有道是：依赖、依从、百依百顺。这个字本说母子关系。甲骨文把这层关系画了出来，更亲切。甲骨文还有一个字表达母子关系，叫"保"。婴儿的被子——褓，亦来自这个字。从这里体察到"保护"的本原含义，是母亲保护孩子，而后延伸出保护财物、保卫祖国。最勇敢的人是母亲，她保护孩子开启了人类保卫的初心。

化。化在汉字里一直处在形而上的地位。它不太好理解，行文又离不开。从古到今，汉文没离开过"化"，于今尤甚。信息化、产业化、革命化，最奥妙的词叫文化。甲骨文里，化是两个人，一人头朝上，一人头朝下。罗振玉解，这两个人实为一个人，他在翻身，如杂技演员之前后空翻。翻跟头怎么会"化"呢？想一下太极图里的阴阳鱼可解其意。事物时时刻刻在变，阳极阴生，阴消阳长，像车轮一样。一位伟人说：事物无时无刻不朝自己相反的方向转化。这是宇宙间的大道理，被古人捕捉到，造了这个词，叫"化"。化者，变也。世上哪有什么东西不变？不变的只有"变"这件事，此谓之化。不变的时候就完蛋了，当然瞎变也会完蛋。

我本来想多看几个字，游伴招呼上车，依依不舍，化成此文。

培植善念

　　过去，西藏有一位高僧叫潘公杰，每天打坐，在面前放黑白两堆小石子，来辨识善念和恶念。善念出现时，拿一颗白石子放在一边；恶念出现，取黑石子。

　　佛法中的善念是利益大众，恶念则不简单指杀人越货。在脑中转瞬即逝的享乐之念以及贪慕、嫉妒、嗔恼等都可称之恶念。而欺诈偷盗已是罪不容赦了。

　　以现今的角度阐述，善念即仁爱，而恶念不过是欲望。欲望是什么？"是我们保持生存的主要工具。"（卢梭）由于欲望的指引，人生克服种种困难走向满足。"因此，为了保持我们的生存，我们必须爱自己，爱自己要胜过爱其他一切东西。"（卢梭）可见自私的本性已经深植人性之中，所谓欲望实为生存之道，不应有善恶之分。然而，爱自己须有一个限度，超过了此限，就可能变成恶，甚至罪。而人的欲望恰恰是永无止境的。因此，为了共同的利益，爱自己还应该爱我们生存的环境，要常常注意到别人也需要爱。不能推及他人与环境的爱，叫作冷酷，这就是恶的生成。

一个人把爱兼及他人与环境，包括植物、动物，佛法称此为"慈"。如果目睹苦寒之中的贫儿老妇，心里生出一点点同情心，则是另一种大善。这种情怀，即所谓"悲"。慈悲两字，听起来有些苍老。有人甚至会觉得它陈腐，实际它穿越时代，是凝注苍生的大境界。今天流行的"关怀"以及"温馨"，不过是它的现代版，内涵如一。

善念其实是小小的火苗，倘若不精心护佑，它在心中也就旋生旋灭了。并非说只有造福万代才叫善。譬如有人建议削平喜马拉雅山，让印度洋的暖流涌入，使干旱的西北大地变成热带雨林。此善大则大矣，却要我们等待太久。古人有诗："为鼠常留饭，怜蛾不点灯。"虽然琐细，读后感觉心中暖暖的，大过印度洋的暖流。

潘公杰大师在黑白石子中辨识善恶二念，到晚上检点。开始时黑石子多。他捆自己的耳光，甚至痛哭、自责，你在苦海里轮回，还不知悔过么？三十多年之后，他面前全变成白石子了，大师修成菩提道。

我们达不到高僧那种至纯之境。爱自己原本也没有错，我们是凡人。然而无论"利己心"走得多远，有善念相伴，你都会是一个好人。

让高贵与高贵相遇

有泪水在，我感到自己仍然饱满。

对不期而至的泪水，我很难为情。对自己，我不敢使用伟岸、英武这样高妙的词形容，但还算是粗糙的蒙古男人，这使我对在眼圈儿里转悠的泪水的造访很有些踟蹰。

我的泪水是一批高贵的客人，它们常在我听音乐或读书的时候悄然来临。譬如在收音机里听到德沃夏克《自新大陆》第二乐章黑人音乐的旋律，令人无不思乡。想到德沃夏克这个捷克农村长大的音乐家，在纽约当音乐学院的院长，却时刻怀念故土。一有机会，他便去斯皮尔威尔——捷克的聚居地，和同胞们一起唱歌。"355-｜3·21-｜2·353｜2---｜"，我的泪水也顺着这些并不曲折的旋律线爬上来。譬如读乌拉圭女诗人胡安娜·伊瓦沃罗的诗集《清凉的水罐》，诗人在做针线活时，窗外缓缓地走过满载着闪光麦秸的大车，她说："我渴望穿过玻璃去抚摸那金色的痕迹。"她看到屋里的木制家具，想："砍伐多少树才能有这一切呢？露水、小鸟和风儿的忧伤。……在光闪闪的砍刀下倒下的森林的凄哀心情。"读诗的时候，心情原本平静，但泪水会在这优美的叙述中肃穆地挤上眼帘。读安谧的诗集《手拉手》，说"透过玫瑰色暮霭的轻纱／我看到河边有个光脚的女孩／捧一尾小鱼／小心翼翼向村口走去"。这时，你想冲出门，到村口把小女孩手里的鱼接过来。那么，在地上撒满白露的秋夜，在把身子喝软、内心却异常清醒的酒桌上，在照片上看到趴在土坯桌上写字的农村孩子，蓦然想起小心翼翼的小女孩，捧着小鱼向村口走去，难免心酸。

那么，我想我并不经常读书，更难得读到好书，也不大懂音乐，最主要的是，我不是一个多愁善感的人，为何会常常流泪？一个在北国风雪中长大的孩子，一个当抄家的人踹门而入时贴紧墙壁站着的少年，一个肩扛檩子登木头垛被压得口喷鲜血的知青，我不应该流泪。在苦难中没有流过泪，生活越来越好了，我怎么会变得"儿女沾巾"了呢？至今，我的性格仍然强悍，甚至暴躁。

后来我渐渐明白了，泪水，是另外一种东西。这些高贵的客人手执素洁的鲜花，早早就等候在这里，等着与音乐、诗和人们心中美好之物见面。我是一位司仪吗？不，我是一个被这种情景感动了的路人，是感叹者。

如果是这样，我理应早早读一些真诚的好书，听朴素单纯的音乐，让高贵与高贵见面。

旋律或词语以及人心中美好的部分，使我想起海浪。当浪头来时，你盯住远处的一排，它迈着大步走过来，愈来愈近，却在与你相拥的一瞬消散了。这是一种令人惋惜的美好，我们似乎无法盯住哪一排浪，但可以欣慰的在于，远处又有浪涌来，就像使人肠热的旋律、诗和眼里的泪潮。

因而我不必为自己难为情了。

说聪明

1

人都欢迎"聪明"，喜其多而畏其少。

至于"聪明"属于质量表述，还是数量表述，人们不清楚也不细究。

聪明好，越聪明越好。人们，特别是孩子家长这样说。

2

人常把自己的成功归结于"聪明"。

在"聪明"这顶大帽子下面，藏着"机敏、奸诈"等完全不同的人格形态，人们都称其为"聪明"。

3

人期盼自己的孩子聪明。两岁时独立撒尿，说他聪明。三岁时背诵"窗前明月光"加"拜拜"招手，也叫聪明。

4

可是，什么是聪明呢？

它可能变成了一个礼貌用语，用于三十岁以下人群。

假如独立撒尿可归于"聪明"范畴，两三岁是个上限。二十五六岁把尿撒得再好，也得不到智力上的加分。如果九十岁还能做到这一点，"聪明"变成"老当益壮"。

"聪明"和人生阶段相关，同时会变成别的词。

5

正如一个人把自己的成功归结于"聪明"一样，没人把自己的失败归于"聪明"，也不归于"愚笨"，通常归结于"运气不好"。

其实，很多人的失败，是败在他的"聪明"上面。

6

"聪明"导致失败，不是此人太聪明，是聪明用错了地方。

人的"聪明"大约是一种或者两三种智力程序，又叫思想方法。多数人只掌握一种，在这里称为"聪明一"。

少数人在"聪明一"之外伴有"聪明二"及"聪明三"。

失败的人败在哪里？

败者忽略了一个基本理念：聪明不通用。即使在美国通用电器工作，聪明也不通用。把一种"聪明"套用在所有事情上，便是失败的开始。

7

跑步的例子：跑得好，除了体能好、心肺功能好，还在于身体建立了一个奔跑机制，脑神经、肌肉、骨骼根据人体传来的大量数据建立了这个机制，目标是快捷省力。这是跑步的"聪明"，它在无数次训练中自行建立。然而，它只适用于跑步，不适用于撑竿跳，更不适用于演讲或生孩子。

每一种"聪明"都不是天生的，由环境以及需要而产生，大脑、肌肉或舌头只是土壤，"聪明"是被开发出来的。

没有经历，就没有"聪明"。

把"聪明"用到没有经历的事上，败多胜少。

8

假设一个人在一生中开发出七八种"聪明"模式，如炒菜、谈恋爱、主持节目、弹钢琴、写作、打篮球。

这是一个相当"聪明"的人。这样的人比笨拙的人更容易失败。为什么？

一、盲目扩张。他在甲领域拔尖之后，认为乙、丙、丁诸领域无非如此，"一通百通"并一败涂地。

二、看人有误。他用"聪明"把人分成几个类型，认为天下不过如此，生搬硬套，遭遇失败。别人为什么要进入你那个类型呢？连猫狗都各有千秋，何况活人。

这两种毛病，毛泽东称之为"主观主义"与"经验主义"，曾贬之。

9

有人说"小聪明"不可用。

说的不确切，被看出是"小聪明"实则还不够"聪明"，是半成品，早产儿，画龙还没点睛。"小聪明"仍然隶属于愚蠢。

有人说"聪明不可外露"。

这个话不属于智力范畴，算处世范畴。以下棋为例，有高招，不露能赢吗？聪明要露得完全彻底。如果不敢露，还是功夫不到家。

"聪明外露"引发他人不愉快，不在竞技之中，而在其外，是做人的问题。

10

"聪明"这个词太大，应该请语言学家把它切割、细化，并造一些新词分别命名。将外科医生的利落、电脑程序员的细密、教员的明敏、钟表匠的灵透分别言之。卓越者叫卓越，熟知叫熟知，入门叫入门，都不再用"聪明"称谓。"聪明"这个词留给表扬小儿撒尿使用。

11

聪明不通用。

说 免 费

我常常觉得"免费的是美好的",这样想并非跟市场经济唱对台戏,不是计划经济思维作祟,也不是穷疯了。

是说,总有一些东西没办法用金钱衡量却公平地施予一切人,比如阳光。阴雨天气,阳光一隙而出,恩自天赐。冬天的阳光照在人脸上,合目感觉眼前一片纯红。血在血管里撒欢儿,见阳光而高兴。草原上的朝暾,自东方威严地升起,明明是白色的毡包竟成了金毡包,人的脸庞也像红铜雕塑。举起一片叶子看阳光,叶子如一块绿地,沟渠密布。输送水分的叶脉浅绿,叶面深绿。如果拿放大镜看,叶面又划分成更多的叶脉和绿地,这一切拜阳光所赐。

我曾经迷惑于"生物钟"这一种说法,一般地解释,这是由大脑松果体所管辖的一种生理机制。昨夜入眠,至晨而醒,何故?生物钟显灵是也。我不信服这一说法,觉得此"钟"一定跟光有关系。果然,科学家研究在黑暗的井下困守七天的矿工,发现他们的生物钟全停工了。后来，学者发现，人的皮肤表层含有视觉蛋白，对光敏感，把日出信号发至大脑——且不管是松果体或是什么体，人才觉醒。光，哪管是微小的光都会被皮肤捕捉到。也可以说，光是人类与动物生存最首要的条件之一。光含有的化学能量并不比它提供的温度作用小。人体的胆固醇在阳光的照射下合成激素，而这些激素是食品中无法提供的。然而，阳光是免费的。阳光并没因为人类未歌颂它，没被春节晚会提及而拒绝照射。阳光又是无私的。

云彩是免费的，对人来说，清风、露珠和鸟儿的飞翔都是免费得到的快乐，而且是无法复制的快乐。怎么复制？你看到儿童们（特别于黄昏）奔跑、尖叫、大笑而深受感染，回家在地板上模仿儿童跌倒与尖叫？学不会。勉强学会一点儿也让人怜悯，不可爱。

这些免费的美好不仅存在于自然界，人界也很多。我觉得最珍贵的免费财富，是别人对你提出的意见、建议和规劝。

因为这是一些意见。提出者不吐不快，故而不可能提出收费的事儿。其实，人的意见是人所能显示的少有的慷慨。他对你好，他分明看出有一件事会加害于你，他提出请你注意（纠正、防范）。这一种恩惠是以智慧样式出现的。然而，人，有几人能听进别人的意见呢？

因为这些意见缺少恭维，因为提意见的人地位卑下，因为听意见的人自视无所不能。人在一生中失去了很多享用这些免费的美好的机会。

付费的东西当然包含着美好，因为它们包含着人的智慧、心血和劳动。然而，"费"，也就是钱不能够衡量所有的美好。即：价格和价值永远不成比例，这是马克思的理论，亚当·斯密等人也这样说过。商品在价格和价值之间永远摇摆不定，才能诞生商业机会。1957年，中国修三门峡大坝，用一吨猪肉换国外的一吨钢筋，用一百公斤小麦换五十公斤水泥。当时乃至后来几年，中国因缺少食物饿死了几百万人。钱体现不出政治的、社会的、生命的价值。在欧洲奢侈品市场，一件一千欧元的内衣，贵在品牌或者叫知识产权上面，与美好的客观性无直接关系。在高度物质化的时代，人的眼光被品牌所囿，忽略了更多来自高天大地的慨然馈赠。越付费，人感觉越穷。

一个人，无论遭遇了多少压力和困难，清早出门的时候不妨这样想：

——所有的困难都与钱有关或可以拿钱来结算，但真正美好的东西是免费的，像今天早上的阳光和空气中的氧气。

——一个人无论觉得自己的财富或能力多么少与小，其实已拥有强大的无形财富，它们是树上的花朵、天空的雨水、屋檐下那只急急鸣叫的小鸟儿，可能正在向你倾诉。

这些美好如李白喝醉了写下的一句诗"清风朗月不用一钱买"，多好！

最后的尖晶石

天没亮的时候，一个人坐在河边的山坡上，等待夜色消退。他是渔夫，天亮后支网捕鱼。

渔夫身边有一堆石子，刚好堆在他手能摸到的地方。他抓起一颗，投河里，听"扑、扑"的响声。

石子一颗接一颗被丢进河里。河深，又很宽，波涛翻滚。渔夫挥臂把石子扔到尽可能远的地方。这算一个游戏。人在等待的时候，都喜欢发明一些游戏，打发时光。

不知为什么，渔夫手里最后一颗石子没有扔出去，留在手里把玩。他像扔羊拐骨一样，把石子扔上扔下。天光熹微，石子闪亮。再扔，还有光亮。渔夫仔细看这颗石子，天啊，它是一颗尖晶石！尖晶石是宝石的一种，橘色，产于北印度，也就是渔夫所在的地方。用玫瑰形切割法加工之后，尖晶石用来装饰王冠，或贵族的胸针或戒指。它值多少钱呢？一颗可以换十顷地，也就是渔夫打二十年鱼所换来的钱。而一堆被丢进河里的尖晶石的市值，比渔夫这一生、下一生、下下一生打鱼的收入还要多。渔夫的手颤抖了，是这只手把财富扔进了河里，他恨不能吊死自己。

这是一个印度故事。读者会和渔夫一起想：尖晶石为什么堆在那里呢？上帝为什么让渔夫遇到宝石并捉弄他呢？

有意味的是：人和宝石相遇，往往是在黑夜。

人和人相遇，人和机遇相遇，也如同黑夜。也就是说，人一生不知错过了多少机会却不自知。

不自知并不痛苦。渔夫不幸在晨光中认出了这颗宝石，痛苦将伴随他的一生。他手里至少还有一颗宝石，这比没宝石的人幸运。但他比所有人都沮丧，因为想念更多失去的宝石，他认为它们属于自己。如果天不亮，如果渔夫把最后一颗尖晶石投入河中，他就像所有的人一样，过着平静的生活。

命运的残酷处之一，是把财富分成有形和无形，让人更关注有形财富。有人为丢了一枚戒指而急哭了，而有谁为丢失的永不再来的时间在街上哭泣呢？

我不信这堆尖晶石的存在，但知道机遇女神常带着嘲弄的笑容从每个人面前走过，而人却认不出她，女神绝不会珠光宝气。当人们盯着远处不可企及的目标时，女神就从他们身边走过去了。

渔夫其实幸运，机遇毕竟在他眼前露了露脸，尽管这让他一辈子都不安。

跋：写作让人活两辈子

　　写作会改变一个人，这是众所周知的道理。这里说的"改变"，不是它使一个人由代课教师变成文联主席这种地位上的变化。我是说心灵，作为一个诚实的劳动者的写作，会发现内心出现一条通向远方的道路。走过去，你会变成另外的人。

　　写作使人谦逊。世上让人骄狂的事情很多，小时候我记得，有个人穿了双皮鞋就很骄狂。事实上世上每件事都会让某些人骄狂。这就像某种人吃了某种药一定会过敏一样。何止皮鞋？权力、声誉、豪宅、出国、打保龄球，甚至有人当一次"右派"要在文章中写二百遍，这不也是骄狂吗？我老婆说卖肉和卖西瓜的，一般比较狂妄。可是为什么卖肉或卖西瓜的就易生妄心呢？手里有刀，以及眼前血红？有一些生存方式容易把人变成无赖。但你在一片丰饶的田野上，看不到一个骄狂的农人。农人在劳作与休息的时候都是谦逊的，换言之，创造者易于谦逊。除了上帝之外，女人，工匠与农人，以及作家都是创造者。面对着时间，面对着无尽，人像孩子一样生出敬畏之心。写作让我们感到生活的广阔，感到你在生活中的位置。我常常感到我由于写作而变得像小蚂蚁一样勤勉和认真，像小蚂蚁一样充满欢喜地做每一件事。我感到街坊邻居都喜欢我的朴素、强壮和单纯。他们甚至用这样的话来赞扬我："你根本不像写东西的人。"他们所欣赏的本真与谦逊，恰恰是写作所带来的。

写作使人善良。什么工作常常思考人的命运？法官？算命的人？还是作家？从近来披露的新闻中得知，法官决定人的命运，但并不思考人的命运。算命者不决定人的命运，却天天思虑。两者实际离人的命运很远。而作者面对的是命运的血肉。有时候，我感到天下哪有什么好人坏人，当你看清命运的手之盾，对所谓"坏人"反生可怜之心。一个作家在多年的写作之后仍然不是一个人道主义者，证明他走在了错误的道路上。如果在一种酝酿已久的写作中我们仍然不能了解人的宝贵、人的脆弱、人的向善的天性以及人对恶的诱惑的向往，特别是对人的信心，也证明他走在了错误的道路上。我已经很久不用善良这个词。因为这是一种特定境遇的形容词，不能够也不应该被广泛使用。上帝善良吗？许多事情不是善良与不善良的问题。但写作使人善良，作家比别人更能感受人间的不公平而带来的痛楚。他们是在白天和黑夜始终警醒的社会的神经。如果我们可以要求治国大师应该坚强，教师应该渊博，铁路信号员的视力应该良好的话，作家应善良。对中国下一代的读者而言，比尖锐明敏更需要的是温厚仁慈，这对国人性格是一种救治。下一世纪初，中国更需要泰戈尔、托尔斯泰、川端康成和米斯特拉尔。

写作使人朴素。差不多所有的劳动都使人朴素。农人对着麦子的表情与歌星对着观众的表情肯定不一样，前者更平静实际更美。写作不是开炮，一拉引绳便有震耳效果。它是一点一滴的劳动的积累。在这种积累中，他已经有可能把时代与命运、把遭遇与梦想、把荣耀与付出进行过不止一次的权衡，生活的繁华使写作者感到朴素更适合于自己。朴素的人更容易感受到美。

在将近五十年的时光中，写作在中国已经不是一条通向高官厚禄的道路，至少已经开始如此了。它作为一项心智活动更接近于纯粹。在写作中，无论苦难或忧伤，所经历的一切在流露笔端之前，在内心再一次经历一遍。所谓谦逊善良朴素都是这种经历的结果之一，它使我感到活了两辈子，原来的悲喜都没有浪费。而且它使我在品格方面比过去更好了一些，这是过去所没想到的。在这种意义上，写作与修道仿佛。对我来说，谨此，仅此。